KB106887

괜찮아?

국립중앙도서관 출판예정도서목록(CIP)

괜찮아? / 글쓴이: 홍기자.
서울 : 찜커뮤니케이션, 2018

ISBN 979-11-87622-09-3 03810 : ₩14000

수기(글)[手記]

818-KDC6
895.785-DDC23   CIP2018022664

초판1쇄 인쇄 2018.08.10
초판1쇄 발행 2018.08.20

글쓴이 : 홍기자
펴낸이 : 김정원

펴낸곳 : 찜커뮤니케이션
        등록번호 제 2015-000041호
        등록일자 2015.03.03
        주소   서울특별시 동대문구 장한로18길31 201동 806호
        전화   070-4196-1588
        팩스   0505-566-1588
        이메일   zzimmission@naver.com
        포스트   http://post.naver.com/zzimcom
        블로그   http://blog.naver.com/zzimmission
        트위터   https://twitter.com/zzim_hong

인쇄.제본 : 새한문화사 / 물류 : 런닝북
표지, 본문 일러스트 : B & S Design
편집디자인 : 찜(zzim)

값 : 14,000원
ISBN : 979-11-87622-09-3(03810)

찜커뮤니케이션은 글, 사진, 그림 등으로 표현할 수 있는 모든 것을 인쇄물로 제작합니다.
본문의 모든 내용은 무단 전재 및 유포, 공유를 금하지만 인용 시
"찜커뮤니케이션 제공 혹은 인용"(서체:네이버 나눔고딕_7PT이상)
의 문구 삽입으로 이를 허용합니다.

단. 구분된 사진과 삽화는 무단 전재 및 유포, 공유를 허용하지 않습니다.
파본은 구입하신 곳에서 교환하여 드립니다.

홍기자 지음
HONGGIJA

나를 사랑하기

괜찮아?

Communication

목차

마음 여는 글

인간관계에서 상대가 '순수한 마음'인 지 '불순한 마음'인 지 알 수 없어 늘 혼란스럽고 상처받는데 그렇다면 어떻게 해야 상처를 받지 않는다는 정답도 없고 그렇다고 해서 사람의 마음을 훤하게 읽을 수 있는 초능력이 있는 것도 아닙니다.

남은 남일 뿐, 남한테 위로받기보다 스스로 위로할 힘이 꼭 필요한 것 같습니다.

힘을 키우는 방법 중
엄청난 것이 아니면서 가장 현실적 방법이 있다면,

"괜찮아! 이렇게 생각하면 좋을 것 같아."

"괜찮아? 하지만 이 정도만으로 어디야. 좋게 생각하자."

"괜찮아~ 다 잘 될 거야."

와 같이 부정적 생각을 긍정적인 생각으로 바꿔 보는 겁니다.

회색빛 하늘 사이에서 언뜻 비치는 분홍색 한 줄기 빛을 마음에 담듯이 말입니다.

살다 보면 행복한 일도, 속상한 일도 많습니다.

기억 속에서 완전하게 지워 버리고 싶을 정도로 싫은 일이 있는가 하면

한순간도 잊고 싶지 않을 정도로 '따듯한 좋은 일'도 있습니다.

그런 건가 봅니다.

사람은 수많은 경험을 하면서 부대끼며 살아가고, 그

러는 가운데 조금은 단단하게 또 조금은 부드럽게 변화
되는 것 같습니다.

　힘겹게 살아가는 각자의 길에

"이렇게 해야 한다."
"저렇게 해야 한다."

면서 엄한 선생님이 아이를 가르치듯, '본인의 말이 정
답인 양' 다그치는 사람이나 글도 많습니다. 하지만 그
렇게 말하는 그 사람들도 우리와 똑같이 고민하고 상처
받는 사람일 겁니다.

　그냥 이렇게 말하고 싶습니다.

　무엇이든 거창하게 하고자 더욱 힘들어지지 말고 각
자 상황에 맞게 가장 현실적으로 명쾌하게 생각했으면
좋겠다는 겁니다.
　이것 또한 '강요가 아닌 제안입니다.

그것은 '내가 나를 위로하는 것'입니다.

괜찮아?
괜찮아.
괜찮아…….
괜찮아!

어떤 상황을 만났을 때 내가 내게 이렇게 조용히 물어 보면서 다양한 상황을 헤쳐 나가는 것이죠. 무조건적인 괜찮아가 아닌 그래야만 하는 상황인데 마음처럼 되지 않을 때 그렇게 하자는 건데요.

어떤 기호가 붙던 위로가 되는 이 한 마디.

항상 남은 위로하지만, 본인은 위로받지 못하는 사람 들,

"괜찮아."에서 스스로 위로받았으면 합니다.

내 마음을 알 수 없는 남에게 위로받지 못해 더욱 깊은 상처를 입기보다 '나를 위로하는 힘'을 튼튼하게 하다 보면 자신감이 생겨 상대를 존중하는 마음과 함께 이해하는 마음마저 넉넉하게 깊어지지 않을까 합니다.

홍기자

괜찮아?

괜찮아!

괜찮아~

괜찮아.

어떤 기호가 붙던 이 한 마디,

위로가 된다는 걸…….

불행 뒤에는 행복이 있으니까

실패 뒤에는 성공이 있으니까

탈락 뒤에는 합격이 있으니까

.

.

.

포기 뒤에는 아무것도 없으니까

'포기'만 하지 마!

감사

"범사에 감사하라."

자주 듣는 말입니다.
그렇다면 과연 범사의 뜻은 뭘까요?

* <u>凡事</u>(범사)
평범한 일. 특히
역경 중이든 순풍을 만난 때이든
상황을 불문한 그 모든 순간.

그러니까 쉽게 말하자면 이렇습니다.

"감사할 수 없을 때조차 감사하라."

사람은 본인의 전체상황을 잘 알 수 없고
앞의 있는 것만 보기 때문에 늘 불안합니다.

잘 돼서 감사한 게 아니라
평범한 지금의 이 상황에도,
결코 감사할 수 없을 정도로 힘든 상황에서도
감사해야 한다는 건데요.

힘들 때일수록 불평불만보다는
만족하도록 감사하는 것이 중요한 것 같습니다.
무엇이든 잘되고 행복할 때 감사하는 건 쉽죠.

하지만 솔직히 잘 뇌었다고 미움 깊은 곳에서
감사가 샘솟아 입을 열어 인정하는 것도
쉽지는 않습니다.
그러니 어느 누가 고통스러울 때

감사하는 마음이 저절로 나오겠습니까?

<u>괜찮아!</u>
하지만 마음을 부드럽고 편안하게 가지기 위해
'범사에 감사하는 훈련'을 일부러라도 할 수 있다면
각자의 삶에 조금이라도 용기가 채워지지 않을까 합
니다.

"이 정도만으로도 감사합니다."
"등을 뉠 방 한 칸이라도 있어 감사합니다."
"학교에 갈 교통비가 있으니 감사합니다."
"공과금을 연체하지 않고 낼 수 있으니 감사합니
다."
"가족과 외식 한번 할 수 있어 감사합니다."
"밤이 되어 가족이 모두 무사히 집에 돌아와서 다행
입니다."

감사

숨을 쉬듯,

너무나 당연하다고 여기는

사소한 것들에 자꾸 감사하다 보면

어느 순간 정말 모든 것이

눈물 나도록 감사해서

마음이 한결 평안해진

나 자신을 반갑게 만날 수 있을 겁니다.

<사소한 거라도>

행성(예명)

길에서 500원을 발견해서

친구랑 싸운 거 잘 풀어서

좋아

가족이랑 외식하니까

선생님께 칭찬받아서

좋아

남에겐 사소한 거라도

나에겐 최고야

아이가 생각하는 감사_2

<생각하기 나름>
행성(예명)

내 인생 최고의 날은
생각하기 나름

그저 밥 먹는 것도
그저 얘기하는 것도
그저 멍 때릴 때도
그저 책 읽을 때도

내 인생 최고의 날은
생가하기 나름

10분 칭찬의 기적

"너희는 정말 대단한 아이들이야."
"너희는 정말 멋져."
"넌 정말 재밌어."

서로에 대한 10분 칭찬의 기적으로
'칭찬의 바다'가 되었습니다.

외국의 장애인 학생을 가르치는
남성 교사가 있습니다.
교사는 매일 수업이 시작되기 전
자신이 앉은 의자 앞에 학생들을 오게 한 후

한 명 한 명 학생의 두 손을 꼭 잡고
사랑이 듬뿍 담긴 칭찬을 한다고 합니다.

어색해하면서,
눈을 동그랗게 뜨고,
또는 무기력하게,

교사의 앞에 선 학생들의 시선은
어디를 볼지 몰라 교실의 천장, 바닥, 벽을
모조리 담을 것 같습니다.

그렇게 잠깐의 시간이 흐른 뒤
학생들의 얼굴에는 꽃과 같은 미소가 번지는데요.
앞에 선 학생의 눈을
자신의 눈 안에 담을 듯이 바라보던 교사가
따듯하게 두 손을 잡고 말을 하는 순간 말입니다.

"너희는 정말 대단한 아이들이야."

"너희는 정말 멋져."
"넌 정말 재밌어."

학생들의 미소가 담긴 입술에서도
칭찬의 멜로디가 나옵니다.

"선생님은 최고로 잘 생겼어요!"
"선생님은 착하고, 착하고, 또 착해요!"

칭찬하는 입술

세상에서 가장 예쁜 입술

경청(傾聽)하다

다른 사람의 이야기를 가만히 듣고 있는 건
쉽지 않습니다.

더구나 말하는 자와 듣는 자 모두
'듣기보다 말하기'를 선호하는 성향이라면
상황은 더욱 힘들어지죠.

경청(傾聽)하다.

의 뜻은

단순하게 상대의 말을 듣고만 있는 것이 아니라,
상대가 전달하고자 하는 말의 내용은 물론
그 내면에 깔린 동기나 정서에 귀 기울여 듣고
이해된 바를 상대에게 피드백(feedback)하여 주는
것을 말합니다. (출처/산업 안전 대사전)

타인의 말을 잘 경청해 주는 사람 옆에 있으면
마음이 평안해집니다.

경청(傾聽)

고생했으면 난 그러지 말아야지!

"난 자식을 낳으면 자식한테 절대 그러지 말아야
지!"

장사하시는 어머니의 아들이 있었습니다.

밑으로 여동생과 남동생이 있고
새벽부터 밤까지 장사로 바쁘신
어머니 얼굴을 잘 볼 수도 없는 데다
끼니를 꼬박 챙겨 먹을 수 없는 어린 시절을 보냈죠.
어머니가 또순이처럼 앞서가는지라
아버지는 뒤에서 소리도 없이 어머니를 따르셨고

가족의 왕은 어머니였습니다.
하지만 그래도 어린아이인지라
새벽이면 틀림없이 나가시는
어머니 치마꼬리를 붙잡고 칭얼대면

"엄마 돈 벌어서 올게!"

라면서 어머니는 뒤도 돌아보지 않고 나가셨고요.

그러한 어머니로 인해
여성은 밖에 나가서 늘 일하는 사람,
그렇게 나가면 "돈을 버는구나."라고
아들한테 생각의 붙박이가 꼭 잡혔습니다.

그러나 그런데도 아들은 어머니가 보고 싶었고
어머니가 차려 주시는 따듯한 밥도
먹고 싶었습니다.
더 어린 동생들을 챙기느라 힘들고 짜증 나는 시절

이었죠.

이런 환경에서 성장한 두 사람이 있다고 합시다.

어린 시절에 느낀 서운함이나 허전함은 동일합니다.
그런데 그것에 대해 일궈가는 실천이
사뭇 다릅니다.

한 사람은 아이들이 너무 어려
직장을 관두고 싶어 하는 아내를 이상하게 보며
아이들은 그냥 집에 두고 다녀도 되는 거라면서
핀잔을 줍니다.

어릴 때 그렇게나 먹고 싶어 하던
어머니의 사랑이 담긴 밥을
본인의 아이들도 잘 먹지 못하는데
그것에 대해 아무런 감정도 느끼지 못합니다.

고생했으면 난 그러지 말아야지!

거기에다 아내가 눈이 오나 비가 오나

밖에 나가서 돈을 벌어오는 게

당연하다고 생각하고

돈 문제 또한 아내가 모두 알아서 할 거로 생각해서

어찌 보면 무능하다 싶을 정도의 생활을 하죠.

그러면서 아내한테 미안함도,

고마움도, 측은함도 느끼지 못합니다.

어린 시절 본인의 아버지 모습과 같습니다.

또 한 사람은 아이들이 어릴 때는

엄마와 최대한 함께 있을 수 있도록

여러 가지 노력을 합니다.

사회생활에 대한 자아실현이 높은 아내를 설득해서

일을 조금만 줄여 달라거나 아니면

육아 휴직 등을 제안한다든지 하면서

엄마와 아이들이 함께 있을 수 있는 것이라면

상황을 만들려고 애를 씁니다.

아무리 힘들어도

본인이 가정을 100% 책임지려고 하고

가정의 가장은 당연히 본인이라고 생각합니다.

아내가 아이들이 어릴 때는

건강하고 안전하게 잘 키우는 것이

밖에서 돈을 벌어 오는 것보다

값진 일이라고 생각합니다.

사실 어느 쪽이 맞거나

잘못되었다고

결론짓기는 어렵습니다.

부부의 환경, 배우자의 가치관 등이

모두 다르기 때문에

주어진 상황에 따라 생활을 해야 하기 때문이죠.

그렇기 때문에 이래라저래라 하며

판단할 수도 없다는 겁니다.

그러나 비슷한 경험을 하며 성장했다 해도

고생했으면 난 그러지 말아야지!

각자 경험한 인생의 다양한 기억에서 파생되는
이후의 실천이 다르다는 건 새삼 놀라운 일인데
그렇게 되는 이유는 아마도 타고난 성품과 지적 수
준 때문일 겁니다.

시차가 괴로워!

"시차 때문에 죽겠습니다!"

눈 밑 다크 서클이 턱까지 내려 와 두 손바닥으로 그 다크 서클을 받치고 있어야 할 정도로 퀭한 얼굴의 김 대리.

김대리는 여름휴가를 가지 않고 그동안 모아 놓은 월 차와 야무지게 합쳐 미국 여행을 간다고 부서가 들썩일 정도로 좋아하더니만 다녀와서는 거의 환자가 되어 비 실거립니다. 그런 김 대리가 딱하기도 하고 한심하기도 한 이 과장이 한마디 합니다.

"이봐! 김 대리! 해외여행은 시차 적응과 관리가 중요하다고."

　"예? 시차 적응을 관리한다고요?"

　"그래, 이 사람아!"

　회사 휴게실 의자에 앉아 이 과장과 커피를 마시던 김 대리는 '시차 적응과 관리'라는 생소한 이야기에 퀭한 눈이 번쩍 뜨입니다. 이 과장 이야기는 이렇습니다.

<u>괜찮아!</u>
해외여행 시차가 5시간 이상이면 시차 적응 준비와 마무리 관리를 해야 하는데 예를 들면,

–세계지도를 볼 때 왼쪽에 위치한 나라는
1시간씩 늦게 자고 1시간씩 늦게 일어나는 준비를 해야 한다.

그리고 오른쪽에 위치한 나라는

1시간씩 일찍 자고 1시간씩 일찍 일어나는 준비를 해야
한다는 것.

–가령 6시간 차이나는 나라일 경우,
출발 6일 전부터 준비하고 다녀오면
그 반대 과정으로 6일을 관리해야 한다.
→ 그러니까 왼쪽에 위치한 나라를 다녀와서는
1시간 일찍 자고 1시간 일찍 일어나기,

→오른쪽에 위치한 나라를 다녀와서는
1시간 늦게 자고 1시간 늦게 일어나야 한다는 것.

그러나 만약 미처 적응 준비를 못 했다면,
비행기 안에서 도착 나라 시간에 맞게 자고 깨어 있는
준비를 하면 도움이 된다는 것입니다.

시차가 괴로워!

1시간 일찍
1시간 늦게

시차 적응,
정말
중요합니다!

나와 성향이 맞는 사람과 결혼해야 한다_1

어릴 때는 나와 성향이 잘 맞는 사람(동성, 이성)을 판단할 수 있는 시각이 좁을 수밖에 없습니다. 아니, 성인이 되어서 50대가 되어서도 어떤 사람이 나와 잘 맞고 어떤 사람이 나와 잘 안 맞는지 잘 몰라 관계에서 오는 어려움에 직면하며 상처를 받기도 하죠.

어린 시절을 생각해 보도록 하죠.

나한테 별로 잘해주는 것도 없는데 이상하게 편한 친구가 있고, 친절하게 잘 대해주는데 주는 것 없이 싫고 불편한 친구도 있었습니다.

만약 그것도 아니면 짧은 대화 한번 나눴을 뿐인데 동물적 감각만으로도 거부감이 느껴지면서 경계심이 느껴지는 사람도 있습니다.

선생님도, 직장 상사도 동료도, 살다 보면 정말 많은 사람을 만나는데 말입니다.

그 사람들과는 아무리 싫어도 온종일, 일 년 365일, 평생 볼 일은 없기 때문에 그래도 숨은 좀 쉴 수 있는 마음의 공간이 있습니다.

그런데 자녀를 낳고 평생 함께 살아야 하는 부부가 서로 성향이 '전혀' 맞지 않거나(상극) 잘 맞지 않는다면 결혼생활은 과연 어떻겠습니까?

공허하고 행복하지 않으며 자존감이 낮아질 겁니다.

성격은 달라도 바라보는 곳이 같고 문화 수준과 코드가 맞아야 결혼생활을 잘 할 수 있는 것 같습니다. 성격이 다른 것이라면 예를 들어 한쪽이 좀 급할 경우 한쪽이 좀 느긋하고 말이죠.

그러나 기본 성격은 달라도 가치관이 비슷해야 상호하는 일이나 성향을 인정하고 존중할 수 있는데 아무리

살림 잘하고 아이 잘 키워도 돈만 벌어오면 되는 아내를 원하는 남편한테는 그것을 인정받을 수 없을 겁니다.

또 내조 잘하는 아내를 선호하는 남편은 아내가 사회생활에서 아무리 전투적으로 일하며 인정받는다 해도 가정에서는 인정할 수 없을 겁니다.

그렇기 때문에 연애든 결혼이든 나와 정말 잘 맞는 사람과 하면 너무 행복할 겁니다. 하지만 전혀 맞지 사람과는 연애든 결혼생활이든 재앙 그 자체겠죠.

자신도 모르게 자존감이 낮아지고 본연의 내 모습까지 잃을 수도 있을 겁니다.

맞는다는 것은 성향, 가치관, 문화 수준 등 모든 걸 의미합니다.

기본 성격은 조금 다른 게 좋은데요. 원래 이성은 나와 다른 것에 끌리고 동성은 나와 비슷하여 편안함에 끌리기 때문입니다. 기본 성격과 가치관, 천성을 오해하면 곤란한데 타고난 성품(천성)과 기본 성격은 조금 다릅니다.

천성은 변하지 않지만, 성격은 조금 변할 수 있습니다.

느린 행동을 신속하게 하려고 자꾸 노력하다 보면 어느 순간 신속해지기도 하고 말이 빨라 조금 천천히 해야겠다고 하면서 그것에 대한 훈련을 계속하다 보면 최대한 말을 천천히 할 수도 있습니다.

그러나 타고난 성품은 변하지 않는데 특히 스트레스 상황에서 천성은 확실하게 드러 납니다.

"결혼은 해도 후회, 하지 않아도 후회합니다."

라는 말이 있죠?

해도 후회, 하지 않아도 후회하는 거라면 하지 않고 후회하는 걸 제안하고 싶습니다. 후회한다는 건 어차피 맞지 않아서 후회하는 것 아닙니까?

결혼하면 대부분 자녀도 태어나니 부부가 맞지 않을

경우 더욱 힘들어지게 되죠. 배우자한테 사랑과 존중을 못 받고 살면 자존감이 낮아지고 외모도 비만하거나 너무 마르는 등 비정상적이 되는 경우를 종종 봤습니다.

고려청자와 같이 귀한 여성을 데려다가 남편이 플라스틱 컵처럼 취급한다거나 지적 수준과 문화코드가 맞지 않는 경우에는 강압적이고 폭력 쪽인 쪽이 반대의 배우자를 학대하며 사는 경우가 많습니다.

안타깝게도 너무 예쁘고 능력 있는 여성을 사랑한다고 데려가서는 정서적, 신체적으로 괴롭히고 학대하는 남성들, 정말 많습니다.

내가 다 막아 줄게요, 너의 슬픔까지 전부

나와 성향이 맞는 사람과 결혼해야 한다_2

배우자와 전혀 맞지 않는다면 남성보다는 여성한테 전혀 좋을 것이 없는 게 결혼이라는 생각입니다.

왜냐하면 임신, 출산, 육아, 가사를 하기 때문입니다. 경제적으로 가족을 부양해야 하는 부담이 있다고 남성(남편)이 말하겠지만 요즘은 세상이 바뀌어 경제적인 가장 역할을 하는 여성(아내)도 의외로 많습니다.

어떤 여성(아내)은 임신, 출산, 육아를 하면서 경제적 가장의 부담까지 안고 사는데 가장의 책임도 하지 않는 남성(남편)은 과연 어떤 가치관인지 정말 궁금합니다.

그러나 상호 성향이 너무 잘 맞는 남녀라면 꼭 결혼하여 가정을 꾸려 자녀들과도 행복하게 지내는 게 국가 발전에 이바지 하는 길이라는 생각입니다.

왜냐하면 서로 사랑하고 존중하는 부모가 낳고 키우는 그 아이는 몸과 마음이 건강하게 성장해 사회의 좋은 일꾼이 될 것이기 때문입니다.

아이들은 부모가 키운 대로 모든 게 형성 됩니다.

그래서 성향이 잘 맞는 사람과 결혼해야 현실적으로 행복합니다.

-기질(가슴 형, 장형, 머리형)

-체질(태음, 소음, 태양, 소양)

-혈액형

이렇게 통계적 부분을 잘 아는 것도 중요한 것 같습니다. 이 부분은 뒤에서도 잠깐 언급합니다.

한국 사람과 일본 사람만이 혈액형을 따진다고 부정적으로 얘기하는 사람도 있지만, 혈액형, 세 가지 기질, 사상 체질(8체질도 있습니다.)은 무시할 수 없습니다.

사람들의 의견만을 보자면 말입니다.

그런 것이 아무런 상관이 없다면 왜 혈액형이 있고 기질이 구분되어 있으며, 체질이 있겠습니까?

히포크라테스가 기질로 구분한 담즙질, 우울질, 다혈질, 점액질도 위의 것들을 집중적으로 파고들다 보면 연관된 것이라는 걸 알 수 있을 겁니다.

* 기질, 체질, 혈액형에 관련한 서적은 많이 있으니 관심이 있을 경우 찾아서 읽으시면 좋을 것 같습니다.

심심한 사람끼리 결혼하면 무척 지루하고 권태기가 자주 올 겁니다. 반면 너무 활발한 사람끼리 부부가 되면 그것도 힘들겠죠.

가끔 비슷한 성향끼리 끌리는 경우도 있습니다만 그래도 기본 성격에서 미묘하게 뭔가 다른 부분이 있어서 본능적으로 끌리는 거라고 생각합니다.

성향과 함께 늘 궁금한 게 있습니다.

비슷한 지적 스펙을 가진 부부라도 참으로 이상한 건 남편이 은연 중 아내를 무시한다는 건데요. 그렇게 하는 이유가 남편이 의도해서인지 아니면 그냥 단순하게 그런 건지 잘 알 수 없지만 일상에서의 대화를 봐도 언짢은 장면이 많이 연출됩니다.

특히 누가 봐도 똑똑하고 사회적으로 성공한 아내임에도 남편이 "멍청하다.", "바보" 등의 말을 습관적으로 하는데 정말 잘 못 되었다는 생각입니다.

만약 아내가 남편한테 밤낮으로 그런 표현을 한다면 그 아내는 과연 온전할까요?

또 다른 경우는 사회적으로 성공한, 실력도 뛰어나고 외모도 너무 아름다우면서 몸매도 좋고 전문분야직업을 가진 여성, 그러니까 완벽한 여성입니다.

그런데 이해가 되지 않을 정도의 매우 좋지 않은(능력, 지적 수준, 인성 등) 남성과 만나 오랜 기간 불행한 결혼생활을 하다가 이혼하는 경우도 봅니다.

상대 남성은(남편) 대중이 객관적 입장에서 볼 때도

여성보다 모든 수준이 한참 낮은 경우가 맞는데 깊은 열등감에서 오는 되지도 않는 욕심이 '스스로 높은 기준을 정한 이상형'에 대한 대리만족으로 충족하고 싶은 건지도 모르겠습니다.

그 남성은 연애기간에는 본연의 나를 감추고 그렇게나 귀한 여성의 마음을 가진 다음에 결혼하면 바로 본색을 드러내 고려청자를 플라스틱 컵 취급을 하며 학대합니다.

이 세상에서 그 아내를 무시하는 사람은 뻔뻔한 남편밖에 없는데 남편 본인만 '뻔뻔함'을 모른다는 거죠.

도대체 그런 사악함은 어떤 마음에서 비롯된 것인지 참으로 궁금하다는 겁니다.

순진하고 능력 있는 여성이 애석하게도 남성 보는 눈이 없이 사람 같지도 같은 남성을 만나 황폐하고 불행한 결혼생활을 하는 걸 보면 속상합니다.

무식하면 기본 없이 용감해서 아무리 대화를 해도 절대 통하지 않습니다.

대화로 해결하려고 하다가 나중에는 여성이(아내가) 지쳐 병이 나고 말죠. 그런 사람의 특성은 본인과 본인 부모의 생각만 맞는 것이라고 완전하게 착각하며 삽니다.

대부분의 사람들이 살아가며 알게 되는 모든 기본적 문제에 대해 관심도 없고 알지도 못합니다.

세상에서 제일 못난 남성은 말입니다.
사사건건 여성을 이기려고 하는 남성(남편)입니다.

처자식 귀한 줄 모르고 괴롭히는 무능력한 남성(남편)은요,
열등감에 사로잡혀 밖에서는 찍소리도 못하면서
가정에서는 본인이 목숨 걸고 보호해야할 약한 처자식을 상대로 온갖 악행을 저지릅니다.

진정으로 능력 있고 잘난 남성은 오히려 본인이 여성에게 져주면서 진정한 승리자가 됨을 잘 압니다.
능력 있고 잘났다는 기준이 무조건 돈이 많거나 가진

지위와 실력이 엄청나게 화려한 것만을 말하는 게 아닙니다.

또 차고 넘치도록 키운 근육의 남성이, 아니면 말이 나오지 않을 정도로 잘생긴 남성이라고 해서 어떤 여성한테나 멋져 보이는 것도 아니죠.

아무리 돈이 많고 성공한 남성이라도 기본적 인성이 되어 있지 않으면 좋은 사람이 아닙니다.

그런 식으로 잘 못되게 잘난 남성이든 그런 것 전혀 없이 잘나지 않은 남성이든 잘못된 가치관을 가지고 있는 남성은 여성을 어떻게 소중하게 대하는지 자체를 모른다는 것이 큰 문제입니다.

제 아무리 엄청난 재벌이라 해도 기본이 형성되어 있지 않아 인성이 파탄 난 남성보다는, 돈은 많이 벌지 못해도 타고난 성품이 선해 아내와 자녀를 늘 소중하게 아끼고 존중하는 평범한 남성이 훨씬 멋지고 남성다운 겁니다.

계속 앞만 보고 달려왔잖아

이제는 쉬어가도 돼

너의 휴식은

너에게 주는

선물일 뿐이야

아내를 사랑한 멋진 남편

"나는 성공하기 위하여 발명한 것이 아닙니다.
단지 사랑하는 사람을 행복하게 해주고 싶었을 뿐입니다."

미국 존슨 앤드 존슨에서 근무하던 얼 딕슨은
아내를 너무 사랑했다고 합니다.

얼 딕슨은 바로
일회용 반창고(대일밴드가 더욱 익숙합니다.)를
만든 사람인데요.
그는 아내를 사랑하는 만큼 평소

아내에 대한 걱정도 많았는데
집안일에 서툰 아내는 주방에서 칼에 손을 베이거나
뜨거운 물에 손을 데이는 등 자주 다쳤다고 합니다.

얼 존슨은 잘 다치는 아내의 상처에 연고를 발라주
거나 거즈 등을 잘라 응급처치를 해주곤 했답니다.

하지만 출근을 해야 하는 얼 존슨이
온종일 아내를 지키고 있을 수는 없어
고민이 되었는데 어떻게 하면 아내가 혼자 있을 때
스스로 상처를 치료할 수 있을까 하는
고민이었습니다.

그렇게 고민을 거듭하다가
드디어 일회용 반창고를 만드는데요.

얼 존슨과 아내 조세핀은
드레스 속치마에 쓰이는

크리놀린

이라는 직물에서 답을 찾았다는데요.
매끄러운 크리놀린의 표면은
테이프에 붙여 두어도 쉽게 떨어지고,
먼지가 붙는 것도 막아주는 효과를 내기 때문이죠.

크리놀린이라는 직물을 생각하게 된 이유는
의료용 테이프를 미리 잘라 두면 접착력이 떨어지고, 거즈에도 먼지가 붙어 상처가 오염될 가능성이 높아서였다고 합니다.

지금까지 별생각 없이 일회용 반창고의 테이프를 떼었는데요.

그러나 일회용 반창고 하나에
그렇게 지극한 아내 사랑이 담겨 있다고 하니
테이프를 뗄 때마다 뭉클할 것 같습니다.

아내를 사랑한 멋진 남편

COOL REQUEST.

Lady Crinoline. "You won't mind Riding on the Box, Edward dear, will you?—I'm afraid, if we both go inside the Brougham, my New Dress will get so rumpled!"

크리놀린

옛날에 어른들이 하시던 말씀

"여자는 인정 있는 남자랑 결혼해야 하는 법이여. 그
래야 사랑받고 사는 거여!"

옛날에 어른들이(노인) 하시던 말씀입니다.

그 시절에는 어른의 모습이 그래도 권위 있고 존경받
는 이미지였지만 요즘은 많이 달라진 것 같습니다.

어린아이는 아이대로, 젊은 사람들은 젊은 사람대로,
노인은 노인대로 각자, 살기 참 힘든 세상입니다.

노령 인구가 많아지다 보니 계절별로 따듯하거나 시
원한 지하철에는 무료 승차한 노인이 좌석을 차지하고
앉아 구간을 빙빙 돌며 시간을 보내는 경우도 있죠.

거기에다 왜 그렇게 사람은 대 놓고 쳐다보는지요.

아예 몸까지 틀어 여성만 계속 쳐다보는 남성 노인도 쉽게 볼 수 있어 뭐라고 항의하고 싶을 정도로 짜증이 나는 상황은 여성이라면 백 번 공감할 겁니다. 안타깝게도 남성 노인은 여성 노인을 쳐다보지 않고 오직 본인보다 어린 여성만을 쳐다본다는 게 인정하기 싫은 현실입니다.

젊은 사람은 본인 휴대폰만 보느라 오히려 남의 일에 관심이 너무 없는데 휴대폰만 보는 노인을 본 적도 별로 없지만, 휴대폰이 있다 한들 그것에는 관심이 없고 사람한테(여성) 관심 비율이 높은 게 남성 노인인 것 같습니다.

물론 일을 하느라 젊은 사람들 출근, 퇴근 시간에 대중교통 공간에 함께 속한 노인도 있습니다. 그분들도 직장인과 학생들 틈에서 힘겨운 출근, 퇴근하고 있고요.

그런 노인도 사람을 쳐다보는 건 똑같습니다. 강도만 다를 뿐입니다.

하지만 그렇게 활동하는 노인이 분명히 아니고, 등산복 차림으로 자유롭게 산을 다니거나 아니면 특별한 일

이 없는데도 젊은 사람들이나 학생들이 너무 힘든 시간
대에 대중교통 공간에 함께 있는 노인을 보면 마음이 착
잡합니다.

어머니한테서 태어나 연령대별 시기를 지나 누구나
나이가 들지만, 누구는 나이가 이래서 누구는 나이가
저래서라는 등의 절대적 혜택을 너무 당연히 생각하기
보다는 사회 전반을 생각한 상대적 혜택이나 예의가 필
요한 것 같습니다.

가뜩이나 요즘은 60대 이상 노인의 건강이 젊은 사람
들보다 좋습니다.

20대~50대까지는 생활 경제 최전선에 있다 보니 자
신의 건강은 챙길 겨를이 없는데 60대 정도가 되면 자
녀도 성인이 되는 등 그래도 건강을 챙길 여력이 조금은
되기 때문이죠.

아날로그 시절 노인이 체력은 약하지만,
정서적 존경을 받는 입장이었다면
요즘의 노인은 체력이 젊은 사람보다 좋지만,
정서적 존경은 여러 가지 이유로 잘 받지 못하는 것 같

습니다.

아이들을 모아놓고 들려주시던 정겨운 옛날이야기 속에서 배운 다양한 교훈과 풍부한 인생 경험을 토대로 젊은 사람들의 실생활에서 뭔가 하나라도 깨우침을 주셨던 그 시절의 노인이 그립습니다.

사회 전반적인 검토가 필요한 시점입니다.

존경받고 싶은 연령대가 되었는데 경제적 빈곤이나 일자리 기회 박탈, 성적인 문제 등 많은 부분에서 불만을 느끼는 노인의 분노 표출 사회 범죄도 놀랄 만큼 많죠.

초 고령 사회가 된 가까운 나라에서는 노인의 정서적 분노와 불만 등을 해결하는 방안을 다각적으로 만들고 있는데, 어떤 지역 상점의 상품 진열대 높이를 많이 낮춰 노인이 일상적 장을 보기에 불편함이 없도록 하고 있더군요.

허리가 굽을 수밖에 없는 노인의 신체적 어려움을 배려해서 그렇게 한 건데 이렇듯 세심한 부분을 잘 살펴서 뭔가 현실적 방안을 하나씩 둘씩 만든다면 오히려 모든 연령대가 만족을 느낄 수 있을 것 같습니다.

　몸은 건강한데 일은 할 수 없는데다가 뭔가 분출할 수 있는 통로가 없는 노인들을 위한 현실적 방안이 시급한 것 같습니다.

　문득 드는 생각이 있습니다. 노령 인구가 더욱 많아진 미래의 지하철 풍경입니다.

－경로석이 젊은이 자리로.
－일반석이 노인들 자리로

책상 가리개

"여자 교복을 편하게 해 주세요."
"불편한 교복을 없애 주세요."

얼마 전 청와대 홈페이지 국민청원 게시판에 이러한 글이 올랐다는 기사를 읽었습니다.

여학생(중학생, 고등학생)은 교복 치마를 입습니다.

교복 치수가 어찌나 작은지 SNS에 아동복과 여학생 교복을 비교해서 올린 사진과 동영상도 있을 정도로 꾸준히 이견이 발생하는 사안이죠.

"학생 본인이 치수를 작게 줄여 입기 때문에 문제를 거론하는 것이 조금 곤란합니다."

라고 말하는 학교 선생님이나 어른도 있습니다.

물론 교복을 스스로 줄여 입는 여학생도 있지만, 치수 자체가 아예 작게 나올 수밖에 없는 디자인의 교복인 학교도 많습니다.

팔을 번쩍 들면 겨드랑이와 허리선이 민망하게 드러나는 데다가 요즘 여학생의 체격 조건을 알고 있는지 의심스러울 정도로 엉덩이둘레가 여유가 없어 걸을 때도 앉을 때도 무슨 속바지만 입은 느낌이 들 정도로 짧고 꼭 끼는 치마도 아주 많죠.

특히 하복 상의의 경우에는 속옷이 비치는 재질이기 때문에 흰색 면 티셔츠라도 속에 입고 싶은 여학생은 교복 치수가 너무 작아 이러지도 저러지도 못하고 흰색이나 살구색과 같은 색상의 속옷만 입을 수밖에 없습니다.

요즘은 속옷 색상도 다양하고 아이들 생각도 중년층과 다른데 교복 때문에 속옷조차 자유롭게 선택할 수 없는 강제적이고 이상한 상황에서 생활하고 있죠.

어쩌다가 좀 넉넉한 치수의 교복을 입을 수 있는 학교에 다니게 되었다 해도 누군가가 교복 치수를 작게 줄여 입어 많은 여학생이 함께 줄여 입게 되면 원래 넉넉한 치수의 교복을 입는 여학생은 '고루하다.'는 손가락질을 받으며 어이없는 따돌림을 당하기도 합니다.

1983년에 교복 자율화를 실시했지만 3년 후 학교장 재량에 따라 교복과 사복(자율복) 중 하나를 선택할 수 있게 되었죠.

사복에서 교복으로 입게 된 이유는 학생들이 사복을 입다 보니 학부모들의 경제적 부담이 커져 '다시 교복을 입자.'로 바뀐 것이 중요한 몇 가지 이유 중 하나인데요.

그런데 어떻습니까?

교복 가격이 저렴한가요?

가정 형편이 어려운 학생의 경우 두려움을 느낄 만한 것이 바로 교복 가격입니다. 동복, 하복, 체육복, 생활복, 여분 상의 등을 마련하려면 정말 부담 백 배 금액입니다.

엄격한 생활을 위해서 교복을 입으라고 하는 것이라면 생활복을 조금 편한 정장 느낌으로 만들면 되지 않습니까?

가뜩이나 학생은 많이 움직이는 연령대이면서도 온종일 묶여 공부해야 하니 교복은 무엇보다 편해야 한다는 생각입니다.

생활복과 체육복만 만들어서 입힌다면 학부모의 경제적 부담 및 학생 생활의 효율성에서 모두 좋지 않을까 합니다.

당장 그렇게 만들 수 없다면 어떤 학교에서는 여학생도 바지를 입을 수 있게 하는데요. 모든 학교에서 바지와 치마를 자유롭게 입을 수 있게 하고 처음 만들 때 넉넉한 치수로 만들면 학생들이 치수를 줄이는 것 자체를 생각하지 않을 수도 있고 바지도 스스로 선택해서 입을 겁니다.

꼭 끼는 교복에 갇혀 사는 여학생들을 보면 마음마서 불편하고 안쓰럽습니다.

괜찮아?

교복에 관한 불편한 사항을 신속하게 바꿀 수 없다면 다른 방법이라도 찾아야 하겠지요.

짧은 교복 치마를 입는 여학생을 위해서 책상 앞을 가리는 것이 어떨까 하는 글을 읽은 적도 있습니다.

의자에 앉으면 치마가 더욱 짧아지니 무릎 담요나 겉옷으로 다리를 가려야 해서 얼마나 불편하겠습니까.

참 좋은 생각인데요.

책상 앞을 가리는 것, 이왕이면 옆까지 가릴 수 있게 하면 더욱 좋겠습니다.

가리개 천은 이렇게 작은 치수의 교복을 만들어 입힌 주체가 만들어 보급해야 하겠죠.

책상 가리개

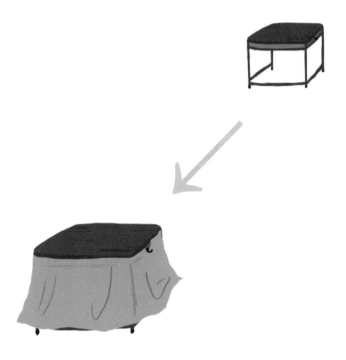

부모가 자녀를 키우다보면

부모는 끊임없는 어려움에 부닥치게 됩니다.

"내가 과연 아이를 잘 키우고 있는 걸까?"
"아까 화내지 말 걸......."
"어떨 때 감성적인 접근이 필요할까?"
"지금 때리는 건 사랑의 매야!"

이러면서 스스로 위로하다가,

'아니야! 난 나쁜 아빠야.'
'이렇게 감정적으로 아이를 때리다니.......'

라며 내면적 혼란에 휩싸이기도 합니다.

그러나 '부모로서의 본분에 대해 늘 고민한다는 것.'은 그래도 바람직합니다.
딱딱한 벽을 보며 이야기하는 것 같아 '마음이 아픈 엄마'와 한정된 '감성 용량'으로 '머리가 아픈 아빠'가 쏜 화풀이 화살을 안타깝게 맞아야 하는 아이들입니다.

무방비로 말의 화살을 맞아 피곤함에 겨워 한껏 몸을 구부리고 잠든 아이의 볼을 '후회하며 조심스레 쓰다듬은 엄마의 손길', 그것이 바로 부모의 마음입니다.
고민한다는 건 이미 좋은 부모라는 겁니다.

感成(감성) + touth
자극이나 자극의 변화를 느끼는 성질
닿다, 접촉하다

부모의 세상 & 아이의 세상

어른인 부모가 보는 세상은 회색이나 검은색일 때가
있습니다.
그러나 어린 자녀들이 보는 세상은

빨, 주, 노, 초, 파, **남**, 보

무지개색이다 못해 더욱 다양한 색깔의 눈으로 세상
을 봅니다.
물론 환경 상황에 따라 회색, 검은색으로 보일 때도
있겠지만요.

그래도 아이들은
회색에서 분홍색으로 금방 마음의 눈을 바꿔
반짝반짝 빛이 납니다.

부모는 늘 회색 겨울과 같은 현실에서 먹고 살기 위
해 삭막하게 살고 있어도 어린 자식들은

아지랑이가 아른거리며 올라오는 노란색 세상을 봅
니다.

같은 하늘 아래,
같은 세상에 있지만

어른과 아이는 다른 시각을 갖고 있다는 것일 수 있
습니다.

부모가 어린 자녀를 키워내기 위해
고통스러운 현실과 매일 매시간 치열한 전투를 하고

있을 때도
어린 자녀는 친구들과 아랫목에 배를 깔고 엎드려
해맑게 웃으면서 행복한 시간을 보내기도 합니다.

아날로그 시절 어른도 캔디를 읽으며
테리우스, 안소니, 스테아, 아치 중에서
누가누가 더 멋진지 고민했고
셜록 홈즈와 괴도 루팡 중 누가 더 옳은지

무지개색 세상에 묻혀 상상의 날개를 폈죠.

만약 어른이 느끼는 현실적 고통을
어린 자녀들이 그대로 느낀다면
아마 아이들의 웃음소리는 들리지 않을 겁니다.

다양성이 있는 우리 아이들에게
어른들이 안고 있는 회색빛 세상만 강요해서는,
그렇게 봐야 한다고 윽박지르면 안 됩니다.

부모의 세상 & 아이의 세상

아이들은 이 세상의 기둥이고

보물이어서

안전하게 지켜줘야 하니까요.

겸손도 지나치면 독이다

"예, 선생님, 제가 그 정도 실력은 안 됩니다. 부끄
럽습니다."

누구나 '객관적으로도' 실력을 인정하는
사진작가가 있다고 합시다.
어느 누가 봐도 그의 작품은

입을 턱 벌어지게 할 정도로
훌륭하고 아름다우면서
부정적 의견을 내놓기가
어려울 정도로 완벽합니다.

그리고 해당 작가 또한
본인의 실력과 대중의 의견을 잘 알고 있어
평소 생활도 품위 있는 스타일을 유지하고 있으면서
도도하기까지 합니다.

그런 사람이 누군가
본인의 작품과 실력에 대해 칭찬할 때마다
겸손이 지나쳐서 불편하기까지 합니다.

왜냐하면 평소 그의 생활과 겸손은 일맥상통하지 않기 때문이죠.

"겸손도 지나치면 교만이다."(영국 격언 中)

적당한 겸손은 상대를 배려하고 존중하는 것이지만
지나친(본인의 평소 생활이나 가치관과 맞지 않는)
겸손은 오히려 상대를 무시하고 불쾌하게까지 합니다.

성향대로 살아야 행복하다

성향대로 살아야 행복합니다.

누구나 잘 참아지는 게 아니라
좀 더 잘 참고 직선적으로 표현하지 않는 성격도 있
고 반면 한 번도 잘 참지 못하는 사람이 있습니다.

그런 사람은 어쩌다 한 번만 참아도
본인이 마치 큰일이라도 한 듯,
늘 인내하는 것처럼 착각해
어이없는 행동을 할 때가 있습니다.

하지만 잘 참지 못하는 사람이든
잘 참는 사람이든
참는 건 누구에게나 힘든 겁니다.

예를 들어 가족이 똑같이 다혈질이고
단번에 표현해야 하는 성향인데
만약 남편(아버지)이 가장 거칠어서
부인과 자식들이 늘 참고 살아야 한다면
참고 사는 가족은 울화병이 날 겁니다.

또한 원래 밝은 성향인데
남편이(아버지가) 받아주지 않으면
부인은 심하게 억눌려서 우울한 성향으로 변하겠죠.

주위에서 좀 지나치다 싶을 정도로
여성(아내)이 나서고
말을 많이 하면서도 전혀 눈치 보지 않고
자신 있게 행동한다면

아마도 남편이 아내의 성향 그대로를
다 받아주고 산다는 증거겠죠.

비가 오네요.

왜 내 마음에도 비가 내릴까요……

마음의 상처는 지울 수 없잖아요……

소개는 이성적으로

나와 성향이 같은 사람이 소개해주는 이성을 만나야
그래도 편합니다.

왜냐하면 이상형이 비슷할 것이기 때문입니다.

나와 성향이 다른 사람이 소개해주는 이성은
조금 또는 많이 불편할 수 있습니다.

왜냐하면 내 이상형과 반대일 가능성이 있기 때문이
죠.

나와는 많이 다른
'소개해준 그 사람'이 좋아하는 스타일이지

내가 좋아하는 스타일이 아니므로
힘든 교제 기간과
더욱 힘든 결혼생활이 될 가능성이
있기 때문입니다.

우리 마음 놓고 웃어 볼까요?
하하하!
서로 위로해요
괜찮아요?

하브루타 교육

하브루타 교육은 유대인 전통교육입니다.

특히 유대인 자녀교육의 많은 것은
밥상에서 이루어지는데 흥미로운 건
디저트 대부분을 유대인이 만들었다고 합니다.
이유는 가족과의 식사시간을
더욱 늘리기 위해서라고 하는데요.

부모가 자녀에게 끊임없이 질문하면서 대화하는데
답이 나오지 않으면 그다음 식사시간으로 미뤄서
또 대화한다고 합니다.

우리의 밥상 문화는 어떤가 생각합니다.

"조용히 해. 입 다물고 밥이나 먹어!"
"밥 먹을 때 뭘 물어봐. 이따 물어봐."

또한 유대인은 성서를 가르칠 때
칠판에 꿀을 바르고
히브리어 알파벳 모양의 과자를 붙인다고 합니다.

문제를 맞힌 아이에게 과자를 주는데
그러면서 아이는 공부란

'꿀처럼 달콤한 것이다.'

라는 생각을 자연스럽게 갖게 된다고 하니
정말 유대인의 자녀 교육에 대해서는
하나부터 열까지 놀랍고 또 놀랍습니다.

하부루타 교육

친구를 의미하는 히브리어인 하베르에서 유래한 용
어로, 학생들끼리 짝을 이루어 서로 질문을 주고받
으며 논쟁하는 유대인의 전통적인 토론 교육 방법입
니다.

유대교 경전인 <탈무드>를 공부할 때 주로 사용됩
니다.

나이와 성별, 계급에 차이를 두지 않고

두 명씩 짝을 지어 공부하며

논쟁을 통해 진리를 찾아가는 방식이며

이때 부모와 교사는

학생이 마음껏 질문할 수 있는 환경을 만들어 주고

학생이 스스로 답을 찾을 수 있도록

유도하는 역할을 합니다.

(출처, 시사상식사전, 박문각)

공부는
꿀 처럼 달콤한 것

타인의 표정을 잘 못 읽는 남성

"자기야~ 나 뭐 달라진 것 없~어?"

이런 종류의 질문은
미혼의 남성들이 여자 친구한테 듣는 말 중에서
두려워하는 상위 순위에 속합니다.

그러면 기혼의 남성들이 아내한테 듣는 말 중 '공포
의 질문',

"당신, 나랑 얘기 좀 해. 내 눈을 보고 무슨 생각하
는지 맞춰 보라고."

눈을 가늘게 뜨고 조용하게 속삭이는
아내 목소리에 흠칫 놀라
남편들은 머릿속이 하얗게 된다고 합니다.

도대체 눈을 보고 어떻게 생각을 맞추라는 건지,
아내가 화가 난 건지,
아니면 비웃는 건지,
그것도 아니면

남편을 불쌍하게 생각하고 있는 건지
도무지 알 수가 없습니다.

이렇듯 남성은 타인의 표정을 보고
마음을 잘 못 읽는다고 합니다.

마음을 잘 못 읽는 것은
테스토스테론이라는 호르몬 물질 때문이라고 하는
데 이 물질은 타인의 눈 표정을 잘 못 읽게 한다고
합니다.(출처/2011년, sbs 뉴스와 생활경제)

*테스토스테론 : 남성 호르몬의 하나. 주로 정소의 간질 세포에서 생성, 분비됩니다.

남성 성기의 발육을 재촉하고 성숙시키며 제2차 성징을 발현시킵니다.

기타 근육, 뼈의 발육을 도우면서

그 분비는 뇌하수체 전엽으로부터의

간질 세포 자극 호르몬(ICSH)에 의해서 조절되고 있습니다. (출처/지식백과)

<u>괜찮아?</u>

남편의 동공을 불안하게 흔들리게 하는 이런 오묘한 질문보다는,

"여보, 난 사실 오늘 당신 전화 때문에 기분이 좋지 않았어.

내가 TV 바꾸는 것에 대해 의견을 물어볼 때 당신이 귀찮다는 듯 대충 대답했기 때문이야.

타인의 표정을 잘 못 읽는 남성

그래서 아직도 기분이 좀 안 좋아."

어린 자녀들한테 하듯
일일이 설명해야만 확실하게 이해하는 남편이
답답하고 짜증 날 겁니다.
여성들은 한마디를 하면 몇 마디를 이해하는데 말이
죠.

'도대체 나이가 몇 살인데 하나하나 설명해줘야 하
는 거야? 아휴, 정말 피곤해…….'

하지만 어찌하겠습니까.
타인의 표정을 잘 못 읽고
사안에 관해 정확하게 알려줘야만
이해하고 비로소 움직이는 것이
이 세상 대부분 남성이니 말입니다.

오늘 당장 이렇게 해보며

스트레스를 좀 다른 방법으로 날려 보는 것이 어떨
까 합니다.

"여보, 빨래 다 돌아간 것 안 보여?

좀 도와주면 안 돼?"

↓

"여보, 세탁기에서 빨래 꺼내 좀 널어 주겠어?"

"여보! 아이들이 아직 안 자고 있잖아!

나 일해야 한다고!"

↓

"여보, 아이들 잠자리 좀 깔아 줘~

그리고 좀 재워 주면 좋겠어!"

솔직히 정말 피곤하죠?

타인의 표정을 잘 못 읽는 남성

남성들은 왜 이렇게 일일이 알려줘야 하고
처음부터 끝까지 완벽하게 알아서 잘 못 하는 건지
정말 이해되지 않을 때가 대부분입니다.

하지만 미혼이 아니라 결혼은 이미 했고
어린 자녀들까지 잘 키워내려면
어쩔 수 없이 살아남는 방법을 찾아야 합니다.

37.2도

37.2도는
사랑을 나눌 때 온도,

37.2도는
아기가 태어났을 때 온도,

37.2도는
미열과 고열의 오묘한 경계.

미열이 약간 있을 때 느껴지는 묘한 편안함이
아마도 그 온도여서일까요?

며느리 이야기_1

"애가 더 놀려고 하는데 왜 억지로 재워?"
"애들은 시끄러운데서 재워야 성격 좋아지는 거야."

어쩌면 약속이나 한 듯 시부모들은 똑같은 얘기를 하죠.

아들 가진 부모는 다 똑같아지는 것 같습니다. 아기들은 정확한 시간에 밤잠과 낮잠을 재우도록 노력하는 것이 당연한 건데 그런 노력을 하는 며느리를 "까다롭다.", "애를 잘 못 키운다."는 등의 얘기를 쉽게 하는 시부모를 보면 미안하지만 정말 무지하다는 생각이 듭니다.

시어머니와 며느리의 갈등 즉, 고부갈등은 우리네 가정을 병들게 하는 주범입니다. 시대는 계속 변해 외국처럼 장서 갈등(장모와 사위의 갈등) 또한 심각해지고 있다고는 하지만 고부 갈등의 길고 긴 역사에 비하면 아직 명함도 내밀지 못하죠.

　며느리는 결혼제도 안에서의 허용된 일꾼, 사위는 그야말로 백년손님입니다.

　뿌리 깊은 유교 사상과 함께 종족 번식의 갑이라고 생각하는 육체적 강자 입장인 남성이 종족 보존(출산)의 주인공이면서도 모든 것의 약자가 될 수밖에 없는 여성을 제압하는 것이 바로 결혼제도의 숨길 수 없는 얼굴입니다.

　남성은 짧은 역사의 장서 갈등이 심각하다고 생각하여 오히려 문제를 크게 만들기도 하는데, 여성은 이미 옛날부터 고부 갈등의 약자가 되어 살아온 긴 역사가 있음에도 숨을 죽이고 사는 것은 무슨 이유일까요?

　성향의 문제인 것 같습니다.

여성은 결혼하면 대부분 자녀를 출산하여 자녀를 양육하고 가정 내 작은 부분까지 세밀하게 보살피는 역할을 합니다. 거기에다 남편의 집안(본가)은 당연하게 갑의 위치가 되어 마치 하녀 부리듯 며느리를 신체적, 정신적으로 부리죠.

여기에서 짚고 넘어갈 것은 왜 남편 쪽을 '시댁'이라고 하면서 아내의 쪽은 '처가'라고 하며, 왜 남편의 부모를 지칭할 때는(다른 사람과 얘기할 때도) 시아버님, 시어머님이라고 하면서 사위는 장인, 장모라고 하는 것일까요?

그리고 남편의 남동생한테는 도련님(미혼일 때), 서방님(기혼일 때)이라고 하며 그 동생은 형수님한테 너무나 당당하게 '형수!'라고 할까요?

호칭에서도 이미 갑, 을 위치가 당연하게 정해져 있으니 그다음의 문제들은 아무것도 해결할 수 없는 것은 당연한 일입니다.

처가 부모는 사위가 혹시라도 딸한테 못 해줄까 봐 늘 마음을 졸이며 사위와 사돈한테 잘하려고 애를 씁니다.

사위는 처가에 갈 때도 마치 동네 산책하러 나가듯이 운동복 입고 슬리퍼를 신고 갈 정도로 편하게 가기도 하죠.

그런데 며느리는 본가에 갈 때 깨끗하게 화장하고 신경 써서 옷을 차려입고 직장 상사 만나는 불편한 마음으로 가게 됩니다. 며느리와 사위는 이렇듯 마음가짐부터 옷차림까지 완전하게 다릅니다.

처가에서는 만약 박사 사위라면 그것에 맞게, 단순노동을 하는 사위라면 또 신경에 거슬리지 않도록 그 사람의 상황에 맞게 조심하며 잘해줍니다. 그러나 며느리는 박사 며느리건 교사 며느리건 기자 며느리건 아니면 육체노동을 주로 하는 며느리건 똑같이 하녀로 취급하는데요. 물론 직업이나 문화 수준에 따라 차등을 두라는 건 아닙니다.

다만 처가에서 사위의 직업이나 성향 등을 잘 파악해서 조심하는 것처럼 며느리도 그와 똑같이 대해 줬으면 하는 겁니다.

예를 들어, 평생을 고도의 정신노동을 하는 직업을 가진 며느리한테 다짜고짜 온갖 집안일을 몰아서 시킨다면 며느리는 그것을 단번에 잘할 수도 없어 힘들고 그걸 보는 본가 부모는 속이 터지겠죠.

반대로 집안일을 너무나 꼼꼼하고 요령 있게 하는 것이 재능인 며느리한테 집안일을 잘 맡겨서 독립적으로 하게 하지 않고 시어머니가 강요하듯 시킨다거나 관심 밖의 분야인 고도의 정신노동을 갑자기 시키게 된다면 그 며느리는 재능과는 전혀 동떨어진 일을 하게 되어 얼마나 힘들겠습니까?

고동의 정신노동을 한다고 해서 잘난 것도 없고 육체노동을 잘한다고 해서 못난 것도 없습니다. 다 주어진 재능대로 사는 겁니다.

고도의 정신노동을 하는 며느리는 융통성 있고 요령 있게 뚝딱뚝딱 집안일을 잘하는 며느리가 너무 부럽고, 집안일을 잘하는 며느리는 정신노동을 전문적으로 하는 며느리가 부러운 법입니다.

더욱 현실적으로 말하자면 정신노동을 주로 하는 며느리가 더욱 설 자리가 없는 것이 본가에서의 자리입니다. 왜냐하면 본가, 시어머니는 며느리라면 당연히 집안일만 시키기 때문에 집안일을 잘하고 그것에 재능이 있는 며느리는 그래도 칭찬도 받고 할 수 있는 일의 종류가 그만큼 많습니다.

시어머니가 며느리한테 공부를 가르쳐달라거나 아니면 중요한 사회문제나 집안의 문서 관리가 필요한 일 등을 의논하지는 않잖습니까? 하물며 손자, 손녀의 학업 문제나 진로 문제 등은 며느리한테 아예 물어보지도 않습니다.

솔직히 말하자면 시부모의 지적 수준이나 문화적 수준도 평소 대화 주제 선별에 큰 중심이 되겠지만 그런 대화를 나눌 수 있는 시부모조차도 며느리한테는 집안일만 시키는 경우가 많다는 거죠.

그렇기 때문에 며느리가 되면 똑같은 한 가지 종류의 며느리로 통일되어 온갖 육체노동이 기본이니 '며느리는 곧 하녀'라는 공식이 시대가 바뀌었어도 여전히 답답한 현실을 말해주고 있습니다.

남의 딸인 며느리는 내 물건, 내 머슴처럼 막 대하고 원망이 깊이 쌓인 아들 가진 며느리는 나중에 또 독한 시어머니 노릇을 하며 똑같이 돌고 도니 이런 병폐가 없습니다.

한국의 아들 가진 부모 특히 시어머니는 무슨 선민사상에 사로잡힌 것 같습니다.

아들 가졌다는 게 뭐 얼마나 자랑스러운 일인지 모르겠지만 그 아들도 본인 어머니밖에 모르는 마마보이가되어 결혼해서는 가정을 올바르게 다져나가는 방법조차 모르지 않습니까?

예전 딸 키우는 어머니들은 딸들이 어릴 때는 좋은 남자 만나 결혼하라고 했지만 지금 시대는 딸이 결혼한다고 하면 혼내서라도 반대하고 싶다는 어머니들을 만나는 것이 어렵지 않습니다.

목숨같이 소중한 내 딸을 사위가 온갖 감언이설로(결혼하기 위해) 데려가 놓고는 깨진 밥그릇 취급하듯 막대하며 고생시키고 거기에다 시부모도 며느리한테 예의를 지킬 생각조차 하지 않죠.

결혼하면 출산, 육아, 가사에 경제적 책임까지 짊어지는 딸도 많으니 어떤 딸 키우는 부모가 결혼을 시키고

싶겠습니까? 아무리 생각해도 여성한테 불리한 사항이
많은 것이 바로 결혼입니다.

　어떤 방송 프로그램에서 외국인 방송인이 "이탈리아는 시어머니와 며느리 관계가 나쁘지 않고 오히려 장모와 사위의 관계가 어렵다."라고 하는 걸 봤는데요.

　이유는 이탈리아 어머니는 아들을 너무 사랑해서 본인이 며느리를 힘들게 하면 혹시라도 며느리가 사랑하는 아들을 괴롭힐까 봐 잘해준다고 하더군요.

　물론 한국도 요즘은 장서 갈등이라고 해서 장모와 사위의 갈등이 수면 위에 드러나고 있습니다만 고부 갈등에 비하면 솔직히 비교도 되지 않을 만큼 미미한 비율입니다.

　딸의 부모는 딸을 사랑하지 않습니까?

오히려 모든 면에서 불리한 입장에 있는 여성, 딸인지라 늘 노심초사하며 키웠고 교육도 더욱 열심히 시키는 등 공부부터 집안일까지 많은 것을 알려 주며 살아갑니다.

오죽하면 결혼해서 아들 한 명을 키운다고 할까요? 아들은 남편입니다.

아들 가진 부모는 아들이라고 해서 당당한 게 많은지 딸 키우는 부모만큼 세세한 부분까지 가르치지 못하는 건 엄연한 사실 아닙니까?

일단 여성이 결혼하면 아들 가진 부모가 미처 가르치지 못한 부분을 아내가(여성이) 알려줘야 하는 일이 정말 많습니다. 그렇게 평생 불리한 입장에서 살아야만 하는 딸을 부모는 목숨만큼 사랑하지만, 사위한테 함부로 대하지는 않습니다.

앞에서 그 외국인 방송인이 말한 "우리 아들한테 못 해줄까 봐"는 주체가 좀 바뀐 것 같습니다.

내 딸을 고생시킬까 봐 아무리 사위가 밉고 사돈이 싫

어도 딸 가진 부모는 내색할 수 없는 을의 처지에 있다는 것이 현실이라는 거죠. 시부모는 본인 아들한테 며느리가 못할까 봐 눈치를 보는 것이 아니라 마치 합법적인 종처럼 부립니다.

자녀를 똑같이 사랑하더라도 아들 가진 부모와 딸 가진 부모는 그렇게나 다릅니다.

고부 갈등의 근본적인 문제나 지루하도록 긴 역사에 대해 잘 알지도 못하면서 본인 부모 위주로 말하는 것은 이 세상 모든 남성의 단편적인 생각인 것 같습니다.

· 고부 갈등은요, 그렇게 간단하게 결론지을 수 있는 문제가 아닙니다.

이탈리아도 한국처럼 고부갈등이 무척 심하다고 하는데요. 아마도 한국과 이탈리아의 정서가 비슷하여 그런 것 같다는 이론이 지배적입니다.

"시어머니는 곧 폐기될 보일러와 같다."

"시어머니 며느리 적 생각 못 한다."

"세상 좋은 시어머니는 모두 공동묘지에 있다.

(이상, 이탈리아 속담 中)

"시어머니의 등 뒤에는 악마의 날개가 달려 있다."

(독일 속담 中)

"시어머니는 설탕으로 만들어도 쓰다."

(몽골 속담 中)

"어머니 없는 남자와 결혼하는 여자는 행복한 여자다."

(스코틀랜드 속담 中)

마지막으로 한이 서린 한국 고부갈등 속담의 예는 이렇습니다.

"시어머니 죽고 처음이다."

즉, 대단히 기쁜 일이 오랜만에 발생했을 때 시어머니 죽은 것만큼이나 기쁘다는 뜻인데 어찌 보면 슬픈 내용입니다. 고부갈등의 고통이 얼마나 오랜 기간 이어져 오고 삶이 피폐해질 정도로 불행한 며느리가 많았으면 이런 속담까지 있겠냐는 거죠.

이 글만을 읽고 필자가 무슨 여성의 편에서만 글을 썼느니 하는 남성이 있을 수도 있는데 그렇다면 솔직히 실망입니다.

외국과 한국의 속담을 필자가 지어낸 것도 아니고 고부 갈등 고통의 역사가 길어 이러한 속담이 있는 건데 말입니다. 장서 갈등에 대한 속담이 어딘가에 조금은 있겠지만 고부 갈등에 관한 속담처럼 많지 않다는 걸 냉정하게 판단해야 합니다.

고부 갈등도 이제는 암묵적 관습이 아닌 현실적 통계로 다가가야 한다고 생각합니다.

결혼제도에 대해 이제는 정말 '뭔가 변화하지 않으면 안 된다.'라는 위기의식을 가져야 세상이 좀 살만하게

변화할 수 있는 거지 결혼생활에 전혀 도움이 안 되는
악습의 전철을 밟으면서 여성만 욕하겠습니까?

알래스카를 샀다고요?

미국의 17대 대통령 앤드루 존슨은
말도 안 되는 아주 싼 가격에
알래스카 땅 사는 일을 했습니다.

대통령을 미워하는 사람들은
필요 없는 알래스카를 산 일로
대통령을 탄핵하려고 했습니다.

싼 가격에 샀는데도 말이죠.

지금으로 치자면 비싼 집 한 채 값이었지만

그때의 미국 국민은 쓸모없는 얼음덩어리 땅을 샀다
고 무척 분노했다고 합니다.

나중에 국회 조사단이 직접 알래스카에 가서
알래스카의 가치가 얼마나 되는지 계산을 해보니,

'금과 석유가 엄청나게 많이 매장되어 있고'
'바다에 물고기도 많고'
'산림자원도 풍부하고'
'군사의 요충지이면서
경유지가 될 수 있는 비행기장이 있는'

등 막대한 보물창고였다는데요.

전율이 느껴지는 대목입니다.

러시아는 보물과 같은 땅을 헐값에 판 것에 대해
지금도 후회한다고 합니다.

<u>괜찮아!</u>

앤드루 존슨 대통령은
초등학교도 다니지 못해 글을 몰라
아내에게 글을 배웠다고 합니다.
그러나 그럼에도 눈앞의 나무만 보는 것이 아닌
저 멀리 숲 전체를 보는 넓은 안목이 있으니
그토록 훌륭한 일을 한 겁니다.

쓸모없는 얼음 땅을 샀다고 크게 분노한 미국 국민
에게 앤드루 존슨 대통령은 이렇게 말했다고 합니
다.

알래스카를 샀다고요?

"**이 땅은** 지금의 세대에게 주려고 산 것이 아닙니다.

바로 다음 세대, **후손에게** 주려고 산 것입니다.

난 얼음 더미 속에 있는 **무수한 자원과 미래를** 산 것
입니다."

누구한테 배웠냐가 중요하다

"아니, 사람이 어떻게 그렇게 할 수 있죠?"
"정말 짐승보다 못하군요!"

믿기 어려울 정도의 행동을 하는 사람의 소식은
매체를 통해 종종 보고 듣습니다.

스승이 누구냐가,
어떤 사람한테 배웠느냐가
그 사람 제2의 가치관을 만듭니다.

기본이 되어 있지 않은 스승이나 선배한테서

무엇인가를 배운 사람들이
여기저기에서 양심의 가책 없이
똑같은 범죄를 저지르는 걸 볼 때

'첫 번째 바로 그 사람'이
얼마나 중요한지 알 수 있습니다.
누구한테 배우느냐는 정말 중요합니다.

비단 학교만이 아니라
체육계, 연예계, 직장 등
사회 각 분야에서 모두 해당하는 얘기인데요.
밤낮 때리고 인격적인 모욕을 가하던
선생님께 배운 아이는
성인이 되어서도
그 선생님의 행동을 놀랍도록 따라 하게 됩니다.
평상시 편안한 상태에서는
온순한 모습을 한 채 가면을 쓰고 있지만
스트레스 상황이 되면

예전 그 선생님의 마음과 모습을

그대로 행한다는 걸

본인만 잘 모를 뿐

가족이나 주위 사람은 잘 알 겁니다.

예를 들어 체육계라면

감독이나 코치, 선배 등이 될 것이고

연예계라면 기획사(인력)가 되고

직장이라면 상사가 되겠죠.

단, 타고난 성품이 선하거나

지혜로울 경우에는

반대 현상이 나타나기도 합니다.

<u>괜찮아!</u>

인격적으로 덜 성숙한 사람의 모습을

따라 하지 않고자 부단히 노력하는 것까지 더해져서

누구한테 배웠냐가 중요하다

"난 절대 저렇게 되지 않겠다!"

라는 의지가 강해지는데
원래의 좋은 성품이
든든하게 기본을 갖추고 있기 때문에
'환경의 영향'을 크게 받지 않게 되는 거죠.

하지만 그런 경우는
좋은 성품을 타고난 사람한테만 해당하고
좋지 않은 성품을 가진 사람은
아무리 훈련한다고 해도
극한 상황에서는 그 본 모습이 드러나는데

이런 것을 보면
타고난 성품이 가장 중요하고
환경은 그다음으로 중요하다는 생각입니다.
사람의 천성은
변하지 않습니다.

왜 널 바꾸려 해

넌 존재 자체가 선물인데

그대로가 좋아

남에 의해

너 자신을

깎아내리지 마

아침형 인간 & 저녁형 인간

"아침 일찍 일어나는 새가 더 많은 벌레를 잡는다."

"일찍 자고 일찍 일어나는 사람이 몸도 마음도 건강하다."

저녁형(올빼미 형)은 게으른 자, 아침형(종달새형)은 인생에서 성공한 사람이라면서 확실치 않은 '새 이야기'는 오래전부터 이어지고 있습니다. 이런 말이 마치 정석인 양 이어질 때마다 올빼미들은 언짢고 상처받습니다.

제2차 세계대전 당시 영국을 승리로 이끈 정치가 처칠, 오스트리아의 천재 작곡가인 모차르트와 제44대

미국 대통령인 버락 오바마는 대표적인 저녁형 인간으로 알려졌습니다.

먼저, 아침형과 저녁형을 결정하는 수면과 생활패턴은 유전적인 영향이 크다는 것입니다. 게으르고 부지런하고의 성향 적 차이가 아니라는 거죠.

『아침형과 저녁형을 나눈 뒤 유전자를 분석, 저녁형이 아침형에 비해 PER3 유전자가 짧다는 사실을 발표.』
(2003년 사이먼 아처 영국 서레이 대학 교수팀 연구 결과)

『63쌍의 일란성 쌍둥이와 674쌍의 이란성 쌍둥이를 대상으로 아침형과 저녁형을 결정짓는 요인들을 연구했는데 그 결과 유전적 영향이 수면 패턴의 52%를 결정한 것으로 나타났습니다.』
(영국 노섬브리아 대학의 바크레이 박사팀 연구 결과)

연구 결과 유전적 영향이 수면 패턴의 52%를 결정하

는 것으로 나타났는데요.

　또한 아침형과 저녁형은 수면 패턴이 반대라는 걸 네덜란드 레이던 대학 호프 교수의 연구로 알려지게 되었습니다.

－아침형은 초저녁에 깊은 잠을 자고 새벽으로 갈수록 얕은 잠을 자며
－저녁형은 새벽부터 아침까지 깊은 잠을 잔다.

는 것이죠.
　저녁 형은 생리학적으로도 잠이 오게 하는 호르몬이 멜라토닌의 분비가 3시간 정도 느리기 때문에 수면 시작 시간이 늦다고 합니다.
　그런데 중요한 건 우리 사회생활 자체가 대부분 아침형에 맞춰져 있다는 겁니다. 수면 시작 시간이 늦어 가뜩이나 오후부터 집중력이 높아지는 저녁형이 아침 일찍 시작되는 학교나 직장과 같은 단체 생활 패턴으로 볼 때 만성적 수면 부족에 시달린다고 볼 수 있죠.

그렇기 때문에 초저녁부터 깊은 잠을 자고 아침 일찍 깨어나는 아침형은 오전에 집중력이 가장 높기 때문에 학교에서의 학습 능률이나 직장에서의 업무 능률이 조금이라도 높을 수밖에 없을 겁니다.

만약 저녁형에 맞춘 패턴으로 모든 걸 바꾼다면 아마 아침 형은 견디지 못할 겁니다.

이런 복잡한 구조를 잘 알지도 못하면서 게으르다고 사람들이 쉽게 말하는 저녁형은 우뇌를 많이 사용하며 창의력이 높고 보편적 법칙을 추리해내는 능력인 귀납 추리 능력과 문제 해결 능력이 높다는 연구 결과도 나왔으며(스페인 마드리드 대학 심리학과 연구팀),

고소득 직업군과의 연관성 또한 높다고 하는데 작가, 예술가, 시인, 프로그래머 등 창의적 아이디어가 필요한 직군 종사자가 많은 거로 나타났습니다.

하지만 학업 성적은 아침형이 더 좋다고 하는데 이유는 학교 수업이 아침 일찍 시작하므로 깊은 잠을 자는 시간이 절대적으로 부족한 저녁형이 충분한 실력을 발

휘하기가 어렵기 때문이라는 겁니다.

물론 저녁형 중에서도 학업 성적이 뛰어난 사람도 있지만, 일반적 비율로 볼 때 이른 아침에 시작되는 학업에는 아침형이 좀 더 유리하다는 겁니다.

『저녁형 학생의 IQ가 높게 나왔다.』
(런던 정경대 사토시 가나자와 박사)
『저녁형이 집중력 유지 능력이 높다.』
(벨기에 리에주 대학 필리프 페이그눅스 박사)

다양한 연구 결과만 봐도 절대적으로 획일화된 이런 패턴을 아침형, 저녁형 각자에 맞는 패턴으로 상대적 조절을 한다면 대단히 긍정적 성과가 있지 않을까 감히 생각합니다.

'감히'라는 단어를 쓴 이유는 극적인 결과가 있을 게 분명하기 때문에 그렇습니다.

"저녁형의 엄청나게 창의적인 능력이 게으르다는 잘못된 판단에 과소평가되어 오히려 사회 각 분야의 풍성한 발전과 국가 선진화의 발목을 마련하게 잡고 있는 건 아닌지 심각하게 고민할 문제입니다."

스트레스로 모두 하나

"아휴, 스트레스 쌓여~!"

머리카락을 양쪽으로 인형처럼 예쁘게 묶은
일곱 살 된 여자아이가 네 살 된 남동생의 머리를

'콩'

때리면서 하는 얘깁니다.
심지어 탁구공만 한 주먹을
본인의 허리춤에 척 올려놓고서는
콧김까지 씩씩거리는데

아주 단단히 화가 난 모양입니다.

그 옆에 네 살 된 남동생은
그런 누나가 무서운지 눈치를 보며
양쪽 검지를 계속 부딪치기 바쁩니다.

이렇듯 스트레스라는 단어는
남녀노소 불문하고 자주 쓰이죠.
그렇다면 스트레스는 왜 쌓이게 되는 겁니까?

단순히 감정 제어를 하지 못해서 일까요?

그런 이유라면 사람들 누구나
성향에 맞게 감정을 잘 조절하는 훈련을 하면
스트레스에서 벗어날 수 있지 않을까요?

아니면 원래 타고난 성향이 속된 말로 '더러워서'
스트레스 팍팍 부리는 걸까요?

그렇다면 그런 사람과 될 수 있는 대로 부딪치지 않으면 되지 않을까요?

그렇지 않습니다.

훈련하면 어느 정도 변화는 될 수 있겠지만,
위기상황에 부닥치면 본성은 바로 발현됩니다.
사회적 성격은 꾸준한 훈련으로 조금 변화될 수 있지만 타고난 성품은 변하지 않는다는 것이 변함없는 생각입니다.

사람은 변하지 않습니다.
성격 더러운 사람이요?
어디에나 꼭 있습니다.

그렇기 때문에 그런 사람을 만나지 않고
인생 끝날까지 살려면 무인도에 가서 살아야 합니다.
여기에서 의료 전문가들이 이야기합니다.

감정조절 훈련만을 해서 해결되는 문제가 아니라,
신체 속에 부족한 '특정 성분'으로 인해
짜증이 더 많이 나기도 하고
우울감이 심해지기도 한다고 말입니다.

예를 들면 이렇습니다.

-세르토닌이 부족하면 참을성이 부족해지고
-도파민이 부족하면 의욕이 저하된다

고 합니다.

그러니까 이런 부족한 성분을 채워주는 음식이나
약제를 잘 먹고 복용하면서
'마음의 평안을 유지하게 해주는'
감정 조절 훈련까지 병행한다면 훨씬 건강한 생활이
될 것 같습니다.

▶세로토닌 부족 증상 → 참을성 저하

▶세로토닌을 높이는 음식 → 시금치, 고구마, 호두, 연어 등

▶도파민 부족 증상 → 의욕 저하

▶도파민을 높이는 음식 → 시금치, 현미, 두부, 돼지고기, 생선 등

특히 남성한테는 시금치가 좋다고 하는데요.

여성과 남성을 막론하고(시금치를 특별히 제한해야 하는 질환이 없는 경우)
시금치가 좋다고 하는 예로부터의 이야기들이 그냥 흘러가는 말이 아니었습니다.

거기에 규칙적인 운동과
각자 선호하는 취미생활을 해도
도파민이 높아진다고 하니

일단 몸과 마음의 균형이 가장 중요하다는 것
또한 불변의 진리인 것도 맞습니다.

물론, 특정 질환이 있어서 의료적 치료가
필요한 경우에는 전문적 치료를 받아야 할 것이고
요.

-남성이 세르토닌이 부족할 때는,
→ 욕구불만이 높아지며 공격적으로 되는데 '남성
이 가을을 탄다.'라는 것은 '욕구불만이 높아지며
공격적으로 된다.'라는 의미라고 하니 그저 분위기
있는 이런 문장에 의학적인 의미가 있었습니다.

-여성이 세르토닌이 부족할 때는,
→ 우울증으로 발현되는 경우가 많다고 합니다.
(출처/2015년, sbs 뉴스)

"저는 벌컥 화내도 뒤끝 없어요. 금방 풀립니다!"

"예, 그런 사람, 정말 싫습니다."

대수롭지 않은 일에도 습관적으로 화를 내거나 흥분하는 사람을 종종 볼 수 있습니다.

본인의 말처럼 불같이 화를 내고 금방 풀리는 사람도 있지만, 본인은 풀렸다고 하면서 징글징글하게 뒤끝 오래가는 사람도 있고 다 다릅니다.

또 상처받고 인격적인 모욕까지 느낀 상대가 오히려 비위를 맞추며 하지 않아도 되는 사과를 해야 간신히 풀리는 척하면서 되지도 않는 너그러운 미소를 짓는 사람도 있죠.

아니요! 싫어요! 란 표현을 단번에, 확실하게 하라고

하는 사람도 있고 그런 내용의 책이 있는 것도 봤습니다. 하지만 이것은 생각하기에 따라 오해가 있을 수 있는데요.

사람이 살다 보면 스트레스 상황에서 무엇을 결정하거나 답해야 할 상황이 자주 발생합니다. 이런 상황 시에 대부분 인내하며 이성적으로 대응하는 성향의 사람이라도 반드시 대응해야 할 상황에서는 본인 의견을 부드럽지만 단호하게 표현하는 것은 바람직합니다.

그러나 본인이 뭔가 언짢은 상황이 되었을 때 단 한번도 참지 않고 얼굴이 벌겋게 되어 정색하며 바로 발끈하여 공격적으로 화를 내거나, 예민하고 거칠게 대응하는 건 '진정한 의사 표현' 범주에 들지 않는다는 생각입니다.

거기에 본인에 대해 한 마디라도 기분 나쁜 말을 들으면 단번에 불편한 말이 툭 튀어나오는 사람들도 의외로 많은데요.

그렇게 하는 게 다른 사람이 본인을 무시하지 않는다

고 착각해서 계속 그런 모습으로 살아가는 사람도 있습니다.

이런 사람들을 직접 경험하며 사는 날이 한 해 두 해 길어질 때마다 어느 순간이 되면 사람에 대한 환멸까지 느끼게 됩니다.

이기적이고 나 중심인 사람은 상대의 고민이나 고통을 보는 것이 어렵습니다.

오직 '내'가 가장 힘들고 상처를 너무 받았으며 늘 희생을 한다고 불만 가운데 살고 있기 때문에 다른 사람의 아픔이나 고민을 돌아볼 마음도 여유도 없고 그런 그릇도 안 되죠.

오직 '나, 나, 나…', 내가 가장 중요하기 때문에 너를 생각할 성품이 되지 않는 겁니다. 이런 사람들이 상대 마음은 전혀 배려하지 않고 벌컥 화부터 냅니다.

아니, 배려하지 않는 게 아니라 배려라는 걸 아예 모른다는 게 맞는 말입니다.

"저는 벌컥 화내도 뒤끝 없어요. 금방 풀립니다!"

요즘 갑질에 관한 뉴스거리가 많다 보니 우스운 말도 그만큼 다양하게 파생되는데 기억에 남는 말은 이겁니다.

"갑질은 강자 앞에서는 잘 조절이 되더이다."

아무리 성질 더러운 사람도 본인보다 힘이 있는 사람한테는 본색을 싹 숨기고 순한 양처럼 굴지만, 본인과 동등하거나 아래라고 생각하는 사람한테는 반드시 사악한 본색을 드러낸다는 건데요.

그러니까 갑질도 사람 가려가면서 하는 것이니 얼마나 비열합니까?

거기에다 속이려고 철저하게 연기하며 다가오는 사람도 이길 수 없습니다.

예를 들어, 업무로 만나 일을 한 때 만날 때마다 부담될 정도로 너무 지나치게 잘 대해줘 좋은 사람일 거로 생각합니다.

그런데 업무 중 어떤 스트레스 상황이 발생했는데 그

건 대부분 사람이 생각할 때 별일 아니라고 생각할 수 있어 조금 언짢아도 잘 지나갈 수 있는 상황입니다.

그러나 그토록 잘해주던 그 사람이 드디어 본연의 모습을 보이는데, 과도하게 흥분하고 소리 지르고 화를 내며 이성을 잃는 모습을 종종 봅니다.

그것을 경험하는 순간 두 가지 얼굴을 가진 그 사람이 내세우고 있는 선한 얼굴의 가면에 얼마나 많은 사람이 속았느냐며 마음이 아픕니다.

이런 사람은 다른 사람한테 소개해주기도 정말 곤란한데요.

관련된 업무 때문에 다양한 직업군의 사람을 만나고 작업을 하다 보면 일정 기간 친근하게 지낼 수밖에 없는데 그 사람을 불특정다수에 '능력 있고 좋은 사람'이라고 소개를 해야만 할 때 아무리 생각해도 그렇게 소개하는 것이 양심에 꺼려지고 정말 싫습니다.

그럴 때는 완전하게 마음을 정리하는 게 좋을 수 있는데, 주어진 업무에서 책임을 다해 정확하게 끝낸 후 이

"저는 벌컥 화내도 뒤끝 없어요. 금방 풀립니다!"

후의 상황은 더 만들지 않는 게 다른 '상처받은 사람'을 한 명이라도 더 만들지 않는 방법입니다.

스트레스 상황에서 단 한 번을 참지 않고 성질을 있는 그대로 보이는, 속된 말로 '미친개'와 같은 사람이 놀라울 정도로 많고 또 그렇게 해야만 상대가 무시하지 않는다고 착각하는 사람을 지치도록 만나고 사는 것이 우리 삶입니다.

그렇게 '기본이 전혀 되어 있지 않은 사람'한테 똑같이 언성을 높이거나 흥분하지 않고 이성적으로 대응하면 본인이 이겼다고 하는 그런 사람들이야말로 진정한 패배자라고 생각합니다.

그렇기 때문에 그런 사람을 바꾸겠다고 하면서 설득하거나 싸우면서 괜히 기운 빼지 말고 담담하게 대응하자는 거죠. 이러나저러나 상처받는 거라면 언성 높이지 않고 조용히게 마무리하는 게 솔직히 정신 건강에 좋지 않겠습니까?

극한 환경에서 성장한 사람이 공격적이고 잘못된 길로 간다는 의견도 있습니다.

하지만 그렇게 어려움 상황에서 성장해도 인내심 크고 폭이 넓은 사람도 있죠. 그렇다면 위기 상황에서 극명하게 드러나는 본성을 가진 사람이 아무리 철저하게 훈련을 한들 변화될까요?

천만의 말씀입니다.

흉내는 낼 수 있습니다. 상황이 좋을 때는 선한 얼굴로 가려질 뿐 스트레스 상황에서는 완벽하게 본성이 드러납니다. 천성은 바뀌지 않습니다. 다만 가려질 뿐이죠.

괜찮아!

이런 사람을 만나지 않고 살면 정말 좋을 텐데 무인도에서 혼자 살지 않는 이상 어쩔 수 없이 만납니다.

"저는 벌컥 화내도 뒤끝 없어요. 금방 풀립니다!"

그리고 그런 사람은 본인과 비슷한 부류의 사람과는 절대 부딪치지 않고 착한 사람, 정 많은 사람 등에게 온갖 화풀이를 다 합니다. 사람보고 덤비는 거죠.

그저 사람한테 기대하지 않는 것이 살아가는 방법입니다. 아예 기대하지 않고 담담하게 대하고 만난다면 오히려 마음에 감동을 하는 일도 종종 생깁니다.

그러자면 조금 심심할 수 있지만, 누구한테나 일단 똑같이 대하면서 상대의 성향을 잘 관찰하고 지혜롭게 맞추며 진정으로 기대하지 않는 것, 그것이 내가 나를 위로하는 방법인 것 같습니다.

정리하는 시간

조용하고 한적하게, 혼자 있고 싶습니다.
그러나 혼자 있고 싶은 연령대에는
혼자 있을 수가 없고,
옆에 누군가 있는 걸 원하게 되는 연령대에는
아무도 없게 됩니다.

젊었을 때는 일하느라,
결혼하여 부모가 되면
어린 자식 늘 돌보고 함께 해야 하는지라
잠자는 시간마저도 자유가 없어
날 돌아볼 수 없는 생활을 합니다.

내가 누군지,
내가 뭘 하려고 했는지,
내가 좋아하는 게 뭔지조차
깊이 생각할 시간도 없습니다.

중간중간 생각을 차분하게 정리할 시간이
꼭 필요한 성향일수록 힘들어집니다.

북적북적, 시끌시끌,

어딜 가나 늘 누군가와 함께 있는 시간과 공간이 말이죠.

그러나 내가 누군지,
내가 뭘 하려고 했는지,
내가 좋아하는 게 뭔지
생각할 시간이 많아졌을 때는
옆에 아무도 없습니다.

북적 북적, 시끌 시끌,

그렇게나 싫었던
그 시간과 공간이 그리울 때는
쇠약해진 몸의 내가 있을 겁니다.

정리하는 시간

혼자 있고 싶을 때

혼자 있을 수 있고

함께 하고 싶을 때

함께 할 수 있는

초능력이 있다면 얼마나 좋을까요?

팬이 된다는 건

그 시절을 결속하는 기적입니다.

누군가를 함께 사랑하고 아낀다는 건
희생입니다.

누군가를 함께 사랑하고 아낀다는 건
공감입니다.

누군가를 함께 사랑하고 아낀다는 건
기쁨입니다.

누군가를 사랑하고 아껴서 팬이 된다는 건…….

눈물입니다.

가장 먼저 나 자신을 잘 알아야 한다

"아, 진짜, 난 저 사람하고 안 맞아!"
"저 인간 좀 안 보고 살면 소원이 없겠네."

주는 것 없이 싫은 사람,
어떻게 해도 나와 맞지 않는 사람,
그냥 너무 불편한 사람,
얼굴만 봐도 혈압이 오르는 사람

등 살다 보면 나와 맞지 않는 사람 많습니다.
그저 맞지 않는 걸 떠나서
말이 통하지 않는 사람하고도 계속 뭔가 대화하며

시간을 함께해나가야 하는 건 정말 힘든 일이죠.

세상에서 가장 힘든 건

가치관도 안 맞고
말도 통하지 않는 사람과
계속 대화하며 살아야 하는 것 같은데,

안 맞는 사람과 무엇인가 계속 부딪친다는 건
결국 '나와 성향이 맞지 않기 때문'이라는 것이 큰
이유일 겁니다.

그것은 내가 어떤 사람인지 잘 모르기 때문에
'나와 맞지 않는 성향',
'나와 잘 맞는 성향'도 모릅니다.

그러다 보니 누구한테나 기존 내 방식대로 대하는데
'잘 맞는 사람'은 별로 어렵지 않지만

'잘 맞지 않는 사람'과는
사사건건 부딪치게 되는 거죠.
도대체 내가 어떤 사람인지 알지도 못하면서
세상을 살아간다는 것이

얼마나 힘들고 실수의 연속인지,
상처투성이 마음이 되는지 모릅니다.

그렇다면 조금 마음 편하게 살 수는 없을까요?
그런데 내가 좋아하고 잘 맞는 사람만
만날 수 있는 것도 아닌데
어떻게 해야 하죠?

<u>괜찮아.</u>

내 성향의 장단점,
싫어하는 것,
좋아하는 것,

가장 먼저 나 자신을 잘 알아야 한다

잘하는 것,
취미, 특기, 가치관, 이상형,
잘 맞는 동성, 잘 맞는 이성,
상극의 동성, 상극의 이성

등 나를 가장 먼저 알고 냉철하게 판단하는 것이
기본을 잃지 않는 삶의 지혜인 것 같습니다.

가령 내가 감성이 풍부한 데다
사람과 빠르게 친해지고
그러면서 사적인 얘기를 서슴없이 할 수 있는
성향이라고 해보죠.

그런데 업무상 만나는 주요 관계자는
매우 이성적이고 약간의 거리를 두는 인간관계를 선
호하면서 누구든 친해지기까지 시간이 오래 필요한
성향입니다.

그런 사람한테 내 성향대로 처음부터 빨리 가까이
다가가서 사적인 얘기를 불쑥 물어본다거나,
업무 얘기보다는 그 외의 얘기로 자꾸 시간을 쓰게
되면 아마도 그 관계자는 불편해하고
업무 진행 또한 수월하지 않을 수 있습니다.

반대로 직장 상사가 친목 도모를 추구하는 성향이고
일보다 사람을 중시하는 성향인데
부하직원은 매사 업무 관련 얘기만
이성적이고 단호하게 하면서
곁을 영 주지 않는다면
서로가 한 공간에 있다 한들 얼마나 부담되고 싫겠
습니까?

속된 말로 상대한테 '여우 짓'을 하라는 것이 아닙니
다.

내 성향은 이러해서 이런 사람과 잘 맞는데

가장 먼저 나 자신을 잘 알아야 한다

저 사람과는 잘 맞지 않습니다.
이상하게도 자꾸 갈등이 생기고
대화가 통하지 않아 고민하다 보니

내 성향과 반대인 걸 알았습니다.

그럴 때는 내 성향의 반대로
그 사람을 대하고자 노력한다면 상황은 훨씬 좋아질
겁니다.

"뭐 골치 아프게 그렇게까지 합니까?"

라고 하는 사람도 있겠죠.

하지만 늘 부딪치고 갈등이 생겨
방법이 없는 힘든 생활을 생각한다면
차라리 이렇게라도 노력해서

상황을 조금이라도 편하게 만드는 게
결국 나를 위한 길이라는 걸 알 수 있을 겁니다.

나를 먼저 아는 것이 가장 중요한 이유가 바로 이것
입니다.

가장 먼저 나 자신을 잘 알아야 한다

대화법은 정말 중요

글, 말은 사람이 살면서 소통하는 도구가 됩니다.
가장 좋지 않은 말과 글 몇 가지는 이렇습니다.

- 가르치듯 말하거나 글을 쓰는 것(이런 경우 어린 사람이 나이 많은 사람한테도 이렇게 합니다)
- 명령하거나 공격하는 말과 글
- 지나치게 빠르게 대응하는 예민한 말과 글
- 그러세요, 저러세요? 말투와 글.(다, 까, 체로 말하거나 글 쓰는 훈련, 실천도 필요합니다)
- 퉁명스러운 말투
- 무시하는 말투

사람이 생활하는 환경이 자연친화적인 경우 정서적으로 조금 안정되는 수치를 보인다는 기사를 봤습니다. 하긴 빽빽한 빌딩 숲에서 생활하는 현대인들의 정신 건강에 빨간 불이 들어왔다는 건 이미 들은 얘기죠.

그렇게 늘 스트레스 상황에서 생활하면 말이나 글의 포용력이 부족해 건조해지는 건 누가 굳이 알려주지 않아도 이해할 수 있습니다.

그런 의미에서 아이들이 어릴 때 자연이 있는 거주지에서 생활하는 건 아주 긍정적인 것 같습니다.

자연과 가까이 생활하다보면 신체적, 정신적 면역력이 강해져서 아이들이 커가면서 숱한 스트레스 상황에 직면할 때 스트레스에 유연하게 대처할 수 있는 몸과 마음의 건강이 단단하게 형성되는 장점이 있는데요.

직섭석인 경험으로 볼 때도 주위에 사과 나무가 있고 풀이 있어 그것을 자연스럽게 보는 환경에서 살게 되면 피로도가 적고 아픈 몸과 마음이 회복되는 기간도 짧아지는 것 같습니다.

어릴 때라고 하면 초등학교 졸업 때까지도 괜찮고 더 늦추자면 고등학교 졸업 때까지도 솔직히 괜찮습니다.

아주 시골이 아니고 서울과 가까운 외곽 지역은 요즘 반 도시화가 되어 생활하기에 그렇게 불편하지는 않습니다.

물론 도시처럼 모든 것이 편리하지 않지만 아이의 몸과 마음의 건강을 먼저 생각한다면 자연을 접할 수 있는 곳에서의 생활도 그렇게 나쁘지는 않은 것 같습니다. 부모의 출, 퇴근이 조금 힘들어지겠지만 하나를 얻으면 하나를 양보해야 하는 것도 있으니까요.

21세기 아이돌 그룹 멤버 구성을 보면 외국인이거나 아니면 교포인 멤버를 어렵지 않게 볼 수 있습니다.

외국인이건 교포 건 공통점이 있는데, 상대에 대해 관대한 면이 많고 일상에서 먼저 움직여 뭔가를 부지런히 하는 것, 그리고 기본적인 예의 부분에서 확실히 다르다는 걸 느꼈습니다.

그중에서도 캐나다나 미국처럼 광활한 땅에서 자연과 친구처럼 생활한 멤버들이 특히 더욱 다른데요.

예를 들면 친구 집에 초대를 받아 갈 때는 아무리 작은 선물이라도 마련하고 초대 받은 집에 일찍 가서 요리나 청소를 돕는 걸 당연하게 여깁니다. 가져 간 선물은 크고 작고를 떠나서 초대한 친구는 진심으로 감사함을 표현합니다.

아주 적극적으로 말이죠.

선물은 연필 한 자루가 될 수도 있고 시원한 음료수 한 병이 될 수도 있는데 선물을 준비한 친구의 정성이 중요하지 선물의 내용이나 가격 자체를 비교하거나 따지지 않습니다.

그리고 학교에서는 의견을 다양하게 모아서 하는 활동 등에 적극적으로 참여하는 것을 자연스럽게 여기고 내 뒤에 오는 사람이 있으면 문을 열고 지나갈 수 있게 기다려준다던지 하는 등 상대에 대한 배려가 몸에 배어 있습니다.

친구와의 대화도 너무 자연스러운데요.

친구 집에 가면 아무것도 하지 않고 주는 음식 얻어먹고서는 함께 놀다가 어질러진 방을 정리해 줄 생각은 전

혀 하지 못하거나, 학교에서 하는 모둠 활동 등에서 온
유하게 의견을 내지 못하고 공격적으로 서툴게 표현하
는 한국 아이들과 다른 것도 느꼈고요.

　물론 한국의 모든 아이들이 그렇다는 건 아닙니다.

　그리고 외국 아이들, 교포 아이들이 모두 다 잘한다는
것도 아닙니다.

　그러나 일반적으로 볼 때 외국 아이들이나 교포 아이
들에 비해서는 아쉬운 부분이 있는 건 사실입니다. 이
렇게나 다른 건 부모나 교사가 즉, 어른이 아이를 교육
하는 방식이나 가치관이 다르기 때문인 것 같습니다.

　아이들이 무슨 잘못이 있겠습니까?

　아이들은 마치 스펀지와 같아서 무엇이든 순수하게
배울 준비가 되어 있는데 어른들이 좋지 않은 방법으로
가르치니 그것을 받아들일 수밖에 없습니다.

우리 아이들도 외국의 교육 환경이나 가정환경의 좋은 부분처럼, 그렇게 배우고 누릴 기회가 있으면 정말 좋겠습니다.

3m... 1m... 10m!

나는 꽤 가까워졌다고 생각했는데
왜 점점 멀어지는 것 같죠?

3m...

1m

10m!

혈액형은 속일 수 없다

"혈액형에 집착하는 건 한국하고 일본밖에 없다니까요?"

"혈액형은 절~대 믿을 게 못 됩니다!"

혈액형 얘기가 나오면 꼭 이런 의견이 나옵니다. 거기에다 혈액형에 관심 있는 사람을 마치 미신 믿는 사람 취급하기도 하죠.

취재기자든 출판업을 하건 사람 만나는 게 중요한 일이기 때문에 업무에 피곤하기보다는 인간관계에서 힘든데요. 그것도 수동적 처지가 아니라 능동적 입장이 되어 다양한 상황을 이끌어야 하다 보니 어려운 일이 많습니다.

사람 만나는 일을 하며 늘 들었던 생각은 왜 사람마다 마음의 호흡이 다를까하는 거였습니다. 의문을 느끼며 일을 하다가 공부를 해야겠다는 생각을 했고 실행했는데요.

혈액형에 관한 이야기를 하면 몇 가지 의견이 대립하기 때문에 조심스럽지만 시원하게 하겠습니다.

혈액형, 기질, 체질, 한방 의학, 양방 의학, 히포크라테스 기질학, 각종 심리학 서적을 틈틈이 읽었고, MBTI, 애니어그램 관련 서적을 읽으면서 기회를 만들어 강의을 듣기도 했습니다.

조금 공부하고 판단할 수 없기 때문에 약 7년간 분야마다 수십 권의 책을 읽고 관련 강의를 듣고 하면서 의문이 조금 풀리게 되었죠.

이후로 예전 같은 열정은 아니라도 현재까지 해당 관련 공부는 이어지고 있습니다.

다만 최초의 의문을 가졌던 25년 전 물음은 해소된 상태고 응용하는 단계로 온 게 오래전이기 때문에 상황은 조금 다르겠지만 말입니다.

혈액형도 A형은 이렇게 B형의 기질은 저렇게 딱 정해졌다는 게 아닙니다.

혈액형에 대해 부정적 의견을 가진 사람은 누가 "난 A형 같은 O형입니다.", "난 B형 같은 A형이고요."라는 등의 얘기를 한다며 핀잔을 합니다.

유럽에서는 혈액형을 물어보는 게 큰 실례라고 생각해서 물어보지 않는다고 하는데 그건 가족관계를 알고자 하는 무례한 행동이라고 생각해서 그렇다고 합니다.

그리고 미국에서도 상대에게 혈액형을 물어보는 건 경찰에 신고해도 될 만한 일이라고 하니까 한국이나 일본처럼 상대에게 혈액형을 아무렇지 않게 물어보는 건 어찌 보면 용감무雙한 행동이라고 할 수 있겠죠.

하지만 남한테 굳이 혈액형을 물어보지 않아도 나 자신이 인간관계에서 마음이 좀 편하게 살려면 혈액형에 대한 관심을 가지는 건 나쁘지 않다고 생각합니다.

그리고 솔직히 나와 가족의 혈액형은 알고 있는 게 당연하다고 생각합니다.

"A형 같은 O형이라고요?"

라는 등의 얘기가 나오는 건 이렇습니다.

예를 들면, O형인데 체질은 태음인, 기질은 머리형이라고 할 때 그것은 O형의 기본 성향이 있으면서 해당 기질, 해당 체질의 고유한 특성이 합해져서 '어떤 느낌의 O형'이라고 종합되는 겁니다.

거기에 부모의 혈액형과 기질, 체질도 복잡하게 물려받으니까 '딱 A형!', '딱 B형!' 이렇게 결론지을 수 없는 경우가 많다는 거죠.

부모로부터 받은 체질도 완전하게 한 편에 속하기도 하고 약 20대 80의 비율로 섞이기도 하는 등 다양한 데다 기질도 기본은 머리형인데 가슴 형이 섞였거나 완전하게 장형이라는 등 모두 다릅니다.

가령 O형은 성격이 밝고 다혈질이라고 많이들 얘기하죠.

그런데 본인이 O형이라고 얘기하지 않으면 도무지 O형 같지 않은 사람도 있습니다. 바로 이럴 때 혈액형은 아무런 상관이 없다고 하는 사람들이

"이것 봐. 혈액형은 전혀 상관없다니까?"

라고 하는 거겠죠.

혈액형만을 가지고 사람의 성향을 판단하는 건 무리가 있고, 천성, 체질, 기질을 잘 관찰하여 판단할 때 근접한 성향이 나오는 겁니다.
그러나 위기상황이 닥치면 혈액형마다 고유 성향은 어쩔 수 없이 드러난다고 생각합니다.

－기질(가슴형, 장형, 머리형)
－체질(태음, 소음, 태양, 소양)
－혈액형

이 부분은 앞에서도 언급했는데 친구끼리, 연인끼리, 부부가, 형제자매가, 회사 동료, 상사 등 다양한 인간관계에서 갈등이 있는 건 바로 고유 성향이 다른 것과 각자의 가치관이 달라 그런 거라는 생각입니다.

* 기질, 체질(8체질도 있습니다.), 혈액형에 관련한 서적은 많이 있으니 관심이 있다면 찾아서 읽으시면 좋을 것 같습니다.

<u>**괜찮아.**</u>

무조건 혈액형 안 믿어! 라고 하지 말고 혈액형도 기질도 체질에도 조금 관심을 가지는 것은 도움이 될 거라는 생각입니다.

맹신하는 수준의 감정적 판단보다는 통계학 느낌의 이성적 판단을 한다면 오히려 또 다른 학문의 접근일 수 있어 흥미로울 수 있으니까요.

왜 그런 것에 대한 연구가 있고 의학이 있겠습니까?

그 모든 것을 종합한 성향에 관해 알게 되면 살아가는 것의 피로한 문제에서 아주 손톱만큼의 어려움이라도 사라지지 않을까 합니다.

A O B AB

모글리 현상

"최초의 사회화는 가정에서 이루어집니다."

가치관 형성은
주로 부모를 통해 이루어지지만
특이한 케이스로 짐승에게 키워진 아이의 경우
그것에 영향을 받아서
인간의 가치관 형성이 안 된다고 합니다.

중학교 1학년 사회 교과서에 나오는
'사회화'를 보면
조부모한테 자란 경우에는

부모에게서 자란 것과도 조금 다른데
그 다름을 결정할 결정적 시기는

언어 능력을 구사할 수 있는 시기고
이 시기를 놓치면 언어를 못 하게 된다는 것이죠.

일명 '모글리 현상'이라고 합니다.

모글리 신드롬 또는 모글리 현상 (Mowgli Syndrome)
사람이 인간 또는 인간사회와 격리된 환경에서 성장
하게 되면 사회화 교육을 해도
인간과 소통하는 능력을
쉽게 갖추지 못하는 현상을 뜻합니다.
이러한 예로 1996년 나이지리아의 한 숲에서
4살 된 아이를 발견했는데
생후 6개월에 버려져 2년 반 동안
침팬지가 키웠는데요.
발견된 아이는 곧바로 인간 사회로 돌아왔지만,

말을 배우지도, 사람들과 어울리지도 못했습니다.

영국의 소설가 J. 러디어드 키플링(J. Rudyard Kipling)이

쓴 정글북에 나오는 주인공의 이름인

모글리에서 따와 모글리 신드롬이라 부릅니다.

(출처, 위키 백과)

모글리 신드롬

모글리 현상

변치 않는 관심 분야

"이 세상에는 정말 많은 사람이 있는데 어떻게 얼굴
이 다 다를까요?"
"목소리도 다르고 성격도 다르고 좋아하는 음식도
다르죠."

그렇습니다.
지구촌에는 그런 나라가 있는지조차 알 수 없는
아주 작은 나라부터 누구나 아는 나라까지,
각자의 나라에서 살아가는 수많은 사람이 있습니다.
그렇게나 많고 많은 사람 얼굴은 신기하게도 모두
다르죠.

얼굴이 다르고 성격이 다르듯
사람은 누구나 본인이 가장 관심 있는 분야가 있습
니다.

음악, 체육, 공부.......
여기에서 더 세분화시키면
음악에서의 노래 부르기, 듣기, 악기연주,
음악 중에서도 어떤 특정 장르를 좋아하는 등이 바
로 그것입니다.

체육이라면 경기 관람, 직접 뛰는 것,
종목 중에서도 딱 그것,
책을 좋아한다면 어떤 장르의 책을 좋아하고
이런 식으로 말이죠.

어쩌다가 나와 관심 분야가 비슷한 사람을 만나면
놀랍고 반갑습니다.

하지만 각자 좋아하고
매력을 느끼는 분야는 너무 다양해서
'비슷한 관심 분야에 속한 사람'을 만나는 건 쉬운
일은 아니죠.

사람이 살면서 직접적인,
간접적인 경험을 많이 하고 살지만
어떤 상황에서도 내가 가장 좋아하는 그것에
사로잡히게 되는 건 변함없습니다.

사로잡힌 그것이 건전하고
내 삶에 발전적이라면 좋지만,

남한테 피해를 주고
자신까지 파멸시키는 것이라면
너무 비참하고 끔찍한 일인데요.

일반적이고 평범하다고 여겨지는

취미나 관심이 아닌,
다른 사람의 인생을 완전하게 깨뜨려 버리거나
존엄한 생명까지 아무렇지 않게 꺾어
사회면에 오르내릴 정도로
특이한 관심 분야를 가진 사람들,
의외로 많습니다.

그런 사람의 관심 분야에 죄 없이 속해
아픔을 겪는 사람의 소식을 들을 때마다
우리는 모두 마음의 낭떠러지에 서 있게 되어

괴롭고 또 괴롭습니다.

이럴 때 차라리 취미가
몇 가지에 국한되어
단순했으면 얼마나 좋을까

라는 부질 없는 생각을 하게 됩니다.

나에게 맞는 스트레스 해소법을 찾아라

너무나 자주 들어 '뻔한 이야기'라고 생각하면서도
실천하기는 어려운 평생의 숙제,
스트레스 관리입니다.

특히 2번과 3번을 주의 깊게 보시면
좋을 것 같습니다.

1. 스트레스 관리의 시작은 규칙적인 생활하기.
영양소가 골고루 들어있는 식사를 하거나
충분한 수면을 취하는 것은
스트레스 해소에 매우 중요합니다.

규칙적인 생활로 피로에 지친 몸을
풀어주시는 게 좋습니다.

2. 긍정적으로 생각합니다.
실수하거나 실패할지 모른다는 두려움은
스트레스의 근원입니다.
최대한 낙관적인 사고를 하고
대응해가는 연습을 하는 것이 중요합니다.

3. 부정적인 감정을 감추지 마십시오.
부정적인 감정을 속으로 삭이기만 하는 것은
위험합니다.
가까운 지인에게 문제에 대해 토로하는 것은
자신의 기분을 한결 나아지게 할 수 있는
방법입니다.

4. 많이 웃으십시오.
웃음은 천연진통제라 불리는

엔도르핀을 샘솟게 하는 가장 좋은 방법입니다.

유머를 즐기며 웃는 것은

매우 훌륭한 스트레스 치료제입니다.

(출처, 청소년 미래재단 청소년 상담복지센터)

괜찮아!